quem será contra nós?

quem será contra nós?

Sílvia Paiva Ramos

Copyright © 2025 Sílvia Paiva Ramos
Quem será contra nós? © Editora Reformatório

Editor:
Marcelo Nocelli

Revisão:
Natália Souza
Nathália Fernandes

Imagem da capa:
Porteirinha, Minas Gerais. Foto de Tharlys Fabricio

Conceito gráfico de capa:
Junior Serpa

Design, editoração eletrônica e capa:
Karina Tenório

Dados Internacionais de Catalogação na Publicação (CIP)
Bibliotecária Juliana Farias Motta CRB7/5880

Ramos, Sílvia Paiva
    Quem será contra nós?/ Sílvia Paiva Ramos. — São Paulo: Reformatório, 2025.
    244 p.: 14x21 cm.

ISBN: 978-65-83362-01-8

1. Romance brasileiro II. Título.

R175q   CDD B869.3

Índice para catálogo sistemático:
1. Romance brasileiro

Todos os direitos desta edição reservados à:

Editora Reformatório
www.reformatorio.com.br

Capítulos

1. o dormitório, 7
2. o café, 14
3. o algodão, 20
4. os canos, 24
5. a igreja, 29
6. o mata-burro, 36
7. o carrinho de ferro, 50
8. a garça, 56
9. os panos de prato, 62
10. os rifles, 73
11. a paca, 80
12. o botão, 91
13. a massa, 97
14. o palco, 103
15. a pedra, 122

16. a mosca, 129
17. um formão e um martelo, 134
18. as folhas em branco, 139
19. a rede, 150
20. o lápis, 159
21. a comadre, 166
22. os alfinetes, 173
23. o documento, 180
24. o canavial, 188
25. o facão, 197
26. a fogueira, 208
27. o lago, 215
28. o crucifixo, 224
29. a água, 232

1. o dormitório

Minha mãe está deitada na cama ao lado de olhos fechados, usa uma camisola gasta de flores miúdas, exatamente igual a minha. Ela anda largada das tranças, seus cabelos brancos descem pelo pescoço e se embaralham com o lençol. Enquanto ela se vira e ajeita uma perna sobre a outra, vejo sua anca apontando esquisita no tecido fino. Lembro de como era essa parte dela, eu costumava descansar a cabeça naquele vazio quando ainda havia a casa e o sofá. Me levanto, coloco a mão aberta sobre o osso saliente para testar sua magreza e tenho a impressão de que toda a carne sumiu dali.

— Mãe, tudo bem com a senhora? Posso apagar a luz?

— Já não era pra ter apagado?

Não gosto de quando tudo é escuro, se tivesse algum jeito de evitar, uma porta meio aberta, uma vela acesa em um canto, mas não tem. Então faço o que tenho que fazer, dou um beijo em seu rosto, ando entre as filas de camas, desço o interruptor e volto tateando as cabeceiras, no meio de orações abafadas e um choramingo de menina.

Estico o corpo, o calor me pressiona sobre o colchão, fico esperando o breu se acinzentar com meu rosto virado para ela. Apalpo meus quadris procurando um traço genético daquela forma estranha, sinto a pele se distender, passo por uma mínima depressão, depois um leve ressalto de dureza amortecida, mas não encontro nada parecido com aquela ponta seca. Acho que os jejuns da minha mãe foram longe demais.

Os contornos dela custam, estou sozinha por muito tempo com minha respiração, sinto o ar viscoso e meu peito se esforça, até que um brilho muito fino chega na fresta da janela e ela surge como um volume preto, que não se mexe.

— Mãe?

Ela não responde.

— Mãe?

Um som sai pelo seu nariz. Me acalmo.

No começo, quando chegamos aqui, o cansaço do dia na lavoura me anulava por oito horas inteiras e eu só acordava na manhã seguinte. Agora minha consciência volta ao mínimo chamado, as camas rangendo, o som dos pesadelos, cutucam toda hora meu sono e sou jogada mais uma vez no meio desse lugar empoeirado. Mas hoje sei que não vou dormir nada, penso na secura da minha mãe e um pressentimento de desgraça me acende.

A sombra está parada, não ressoa, não respira, nenhum sinal de vida. Me mexo aos trancos forçando as ripas ordinárias para que o barulho a incomode. Ela revira, para um lado, depois para o outro. Estou exagerando, estou impressionada à toa, que se aquiete para que eu consiga dormir.

Ela sossega. Por um tempo fico aérea, em cima do mar. Depois sobressalto, fazenda. Minha mãe geme forte e a sombra se ergue abruptamente, senta na cama.

— Cristina, não estou passando bem, acode.

Acudo. Me ajoelho entre suas pernas, encontro suas mãos geladas amparando a barriga.

— O que faço, mãe?

— Banheiro, preciso chegar no banheiro.

— Vou pedir pra acenderem a luz.

— Não, Cristina. Só o banheiro, sem barulho.

O banheiro fica do lado oposto, ela vai apoiada em mim. Abro a porta da primeira cabine e minha mãe se desfaz da náusea antes de alcançar o sanitário, por entre os dedos.

— Me perdoa, minha filha.

Ela sussurra enquanto olha os respingos de vômito na minha camisola. Reparo nos riscos verdes em seus olhos, sob a lente de aumento de uma gota. Não dei essa sorte, tenho olho e cara de índia, como meu pai. Procuro na soleira da pia, encontro uma toalha úmida, limpo o que posso, roupa, cabelos, menos a boca dela, que fica esperando parada com os cantos sujos, como se ela mesma não pudesse limpar.

— Aguenta aqui um pouquinho, vou buscar sua toalha.

É estranho, dizer a ela o que precisa ser feito. Quando saio do banheiro dou conta de que sinto uma pequena disposição, quase toco no rumo das coisas, a primeira vez dona do meu nariz. Busco as toalhas, camisolas limpas para nós duas e um sabonete.

Enquanto minha mãe se lava, pego atrás da porta um pano, um balde vazio e recolho a sujeira que cobre o chão e a louça marrom. Enxáguo. Sei que o cheiro fica suspenso sobre as cabines porque só havia um dedinho de desinfetante, mas o sujo invisível não importa, minha mãe vê como me sacrifico, que consigo colocar em ordem nosso nojo, não sou mais a menina que ela pensa.

Torço o pano pela última vez e batem na porta. Dona Carolina entra. As outras mulheres têm medo dela, dizem que ela sabe quando o diabo está muito perto de uma pessoa, eu detesto é sua cara feia de velha.

— Irmã Cristina, o que está havendo aqui?

— Oi, dona Carolina, é minha mãe.

— Já estou terminando — minha mãe embaralha a fala na zoeira do chuveiro elétrico.

— O barulho está acordando todo mundo.

— Minha mãe passou mal, dona Carolina. Tomo o meu banho rapidinho.

— Não senhora, banho no meio da noite? Onde já se viu esse esbanjamento?

— É que respingou em mim.

— Não estou vendo nada disso. Irmã Elenice, a senhora melhorou?

Minha mãe desliga o chuveiro.

— Graças a Deus.

— Então está ótimo. Venham logo deitar.

Sento minha mãe na cama.

— Essa dona Carolina é intragável.

— Fica quieta, Cristina, não fala bobagem.

— A senhora passando mal e nem pra ela acender a luz.

— Não quero saber de você colocando em questão o que ela fala. Vai dormir.

— Dormir, mãe? Olha a senhora, como vou dormir?

— Dormindo.

Não posso dormir. Amarro os cabelos dela para trás para não molhar o travesseiro. Se ela estivesse bem, não deixaria eu me ocupar de uma coisa dessas. Seguro suas mãos entre as minhas, sentada à beira de sua cama, no chão de ardósia com que cobriram a terra do estábulo. Também emparedaram os vãos das portas, caiaram as paredes, mas deixaram as teias de aranha, bem no alto do cruzado do telhado, para ajudar a reter os mosquitos. No escuro não vejo nada, sinto apenas a pedra debaixo de mim, e o amargo, que está agarrado na minha roupa ou saindo da boca da minha mãe.

Ela resmunga. Encosto minha testa na dela para tentar drenar seu mal-estar. Sei que não existe fundamento científico para isso, mas vou fingir, um pouco por mim, um pouco por ela.

Aqui não ligam para o que tem ou não fundamento científico, a não ser pelas teias de aranha que realmente atraem insetos. Um movimento de asas, interação eletrostática, e o bicho é sugado e depois aniquilado. Eu colecionava aracnídeos em vidros de maionese, colava esparadrapos, escrevia à caneta, colocava na estante do meu quarto e já tinha juntado treze aranhas e cinco escorpiões que foram pelo esgoto no dia da mudança. Tem aranhas para todo lado nesta fazenda, mas não tenho potes de vidro, não tenho álcool nem estante. Então olho para elas com muita atenção, gravo bem na minha cabeça o formato, a textura, faço desenhos e anotações a lápis nas folhas que sobram atrás da bíblia, e aos domingos e todas as noites depois do jantar, rememoro as imagens relendo meu catálogo.

Minha mãe implica com essa inutilidade que tira tempo do bordado e diz que é por isso que volta e meia tem pesadelos com insetos, mas aranhas não são insetos. Se tivessem deixado eu trazer minha Enciclopédia Universal de Organismos Vivos, se um livro desse não pesasse tanto na mala, conseguiria provar que a culpa de seus pesadelos não é minha, e mostrar o que causa uma fraqueza como a dela, como agem os vírus, as bactérias e as células cancerígenas. É um padrão, se tiver febre alta deve ser bactéria, febre baixa, vírus, sem febre é coisa pior. Tento fazer o diagnóstico dela medindo com as costas dos dedos, depois com os lábios, mas fervo de tanto suor, o calor desregula meus termômetros e não dá para saber.

Na tarde em que chegamos, achei que era sorte terem separado para mim a cama justo em frente à janela e eu ganharia a fresca quando a madrugada fosse alta, mas depois descobri que bateram um prego bem batido rente ao ferrolho, que é para ninguém espiar nossas intimidades. Mesmo sabendo disso, levada por uma esperança idiota, fico de pé, examino no tato o ferro enfiado na madeira para conferir se alguém, quem sabe, se deu conta da estupidez daquilo e resolveu extrair o prego, liberar uma rota de fuga, em caso de curto-circuito, de fogo alastrando pelos colchões. Não, está da mesma forma, e o calor, o pior do dia, está preso no dormitório. E tem lua lá fora, a que prefiro, daquela que é quase inteira, mas não é ainda. Decido. Faço uma alavanca com uma agulha de crochê forçando um rachado na madeira de lei, abro uma lasca de luz que bate em cheio no rosto da minha mãe.

Posso ver, ela espreme os olhos de vez em quando como quem espera um estrondo. Me pede um comprimido para enjoo e outro para dor, na carteirinha, no bolso do vestido azul, também dois dedos de água da moringa. Fico de pernas cruzadas de novo no chão, e espero que seus remédios façam efeito, o tempo vai me amolecendo a espinha e minha cabeça cai sobre seu braço. Sonho com a apara da lua incompleta flutuando no teto do dormitório e com uma amiga que ainda não conheço.

2. o café

Nunca acordo descansada e a fraqueza só passa quando o corpo é aquecido por dentro, pelo movimento do roçado, mas depois dessa noite comprida, nem sei.

Visto a saia que vai até as canelas, a camisa abotoada até o pescoço, e minha mãe dormindo. Ela mal sustenta o contorno da boca, a saliva desperdiçando a umidade tão custosa aqui sobre a fronha amarrotada.

Sou eu quem a acorda todas as manhãs, nos últimos meses com tanta dificuldade que desconfio que está tomando alguma coisa antes de deitar. As outras mulheres parecem mais ágeis hoje, já estão trocadas, as oito filas de dez camas estendidas, tudo ordenado. Arrumo minha cama, enfio cada dobra sob o colchão, aliso a mínima ruga, tentando adiar o dia como fiz com a noite.

As mulheres e suas filhas acenam da saída, ouviram o que passou na madrugada, sem interferir. O dormitório fica vazio, só eu e ela. Na nossa casa minha mãe vivia no quarto dos fundos, uma costura inútil que não acabava mais, colocando motivos em pano de prato, capas em botijão de gás, os dias no pedal da máquina de fazer o tempo passar longe de mim. Eu ricocheteando nas paredes, sem saber o que seria desses peitos ganhando tamanho, do sangue escapado sem aviso. Queria ficar aqui, na colcha de lona amaciada no uso, debaixo da luz do entremeio do telhado, olhando a invasão cautelosa de um passarinho, e contar para ela uma história ou alguma coisa para ser um segredo nosso, mas tenho que ir.

Organizo nossas roupas, coloco as camisolas emporcalhadas em um saco plástico, fecho com um nó e o cheiro fica preso nas minhas narinas. Ajoelho ao lado da cama, entrelaço os dedos, não aguento outra noite dessas, rezo para que ela melhore. Sei que não é certo eu estar pensando em mim, mas pensamento, sabe como é. Aproveito e peço perdão por isso.

Tento de leve acordá-la, toco em seu rosto melado, aliso a malha puída em suas costas, ela resmunga. É um despropósito, ela tem direito de ser fraca uma vez na vida, de dar descanso ao corpo moído. Vou sozinha, se dona Carolina quiser que venha exigir mais sacrifício.

Saio na porta, um degrau e já estou na terra dura, no terreiro descampado. O pastinho ralo das éguas está bem na frente. Caminho em direção ao refeitório, beirando a cerca de arame farpado e mourão torto cortado no mato. A égua preta despejou essa noite um potro castanho estrelado, minguado, está deitado brilhando da placenta, os urubus disputando no chão a bolsa descartada, tomara que vingue, o coitadinho.

Não tenho fome, parece que o enjoo da minha mãe grudou em mim. Meus pés já estão vermelhos da poeira que se enfia em tudo aqui e vai endurecendo meus calcanhares nas sandálias de borracha. Passo pelo segundo dormitório das mulheres, depois uma capineira comprida, o primeiro dormitório dos homens, o segundo, esse já em frente da horta. Agora uma varanda com telhas de metal, o galpão que chamam de igreja, o refeitório.

Chego atrasada. Dona Carolina está atrás da mesa grande, ela organiza as garrafas de café e a caixa plástica com os pães, já a vi contar, um por um, trezentos e cinquenta e três. Permanece de pé, ágil e rígida, disfarçada atrás de um sorriso fraco e garante que todos estejam quietos em frente às canecas quando um irmão liga na rádio. *Apóstolo Jesus, irmãos, lâmpada para meus pés e luz para o meu caminho, nenhum de nós foi comprado com prata, nenhum de nós foi comprado com ouro, mas fomos comprados com o precioso sangue do cordeiro.* Espero na porta porque é assim que dona Carolina prefere, ela me vê, desfaz o sorriso, vai atravessar o refeitório mirando em mim.

Todos os dias ela veste a mesma blusa roxa de manga comprida, o cabelo na cintura preso num rabo de cavalo e vem pelos cantos para não atrapalhar as cabeças abaixadas dando graças a um pão inteiro num prato de plástico. Sei que vai me autorizar a sentar, não na mesa de costume, numa mais próxima, no canto, reservada para quem chega atrasado. Meu pai nunca falta, sinto um tipo de conforto em pensar que meu pai nunca falta, não o vejo, mas sei que está mais à frente, perto da mesa grande, onde ficam os homens.

Dona Carolina pergunta por minha mãe e sai em seguida para conferir o que eu disse, se ela realmente não tem condições de vir. O pão e a caneca já esperam no lugar, preciso sentar sem fazer barulho.

Na pregação da manhã, pelo rádio, é o próprio pastor Alfredo quem fala. A voz vem dos cantos do salão, sobrenatural, bate nos azulejos brancos, se amplia na cobertura metálica, tão grave como a voz de Deus. Nenhum animal se submete a vozes agudas, isso é científico, os líderes das matilhas, dos bandos, são os que emitem sons de timbre grave. Com os humanos tenho certeza que não é diferente e sei que o pastor usa dessa vantagem, mas tem horas que esqueço do artifício, me distraio, vejo sentido em uma palavra dele que se encaixa como uma tampa em alguma fraqueza minha.

Ele fala de doença, do diabo, de pensamentos impuros, entes queridos, desgraça. Tenho que fazer esforço para não me impressionar, pensar nas aranhas não está funcionando mais. Posso tentar fazer inventário das coisas do refeitório. Conto as cadeiras de plástico duro, trezentas e sessenta, as telhas de aço galvanizado, separo as pessoas pela cor da roupa, percorro as paredes, o descascado da tinta se espalha, a luz baixa do sol projeta sombras gigantescas no piso frio. E se minha mãe tiver alguma doença? Ele fala fé, diabo, acreditar. Os objetos escapam. Os signos vão se fechando a minha volta, como um poço estreito, água ruim entrando pelos ouvidos, meu juízo começa a boiar.

Tento pensar na cidade, nos livros em prateleiras suspensas do meu quarto, fecho os olhos, estou lá. Um bolinho de chuva e a campainha toca, vou para a rua, as meninas encostadas na mureta da esquina, os meninos do outro lado, um skate, um olho esbarrou em mim, o peito apertou. Microfonia. A voz de novo. *O diabo trabalha onde há descrença, irmão, irmã.*

Minha mãe chega com dona Carolina, a pregação ainda não acabou, ela senta ao meu lado, mas não olha para mim. Desde que ganhei alguma idade ela passou a usar contra mim o silêncio, a contrariedade saindo da boca colada dela, passando por debaixo da minha porta fechada, enchendo meu quarto. Reparo em seu lábio seco e apertado, está dizendo que fiz errado em não a acordar, que sempre a faço passar vergonha. Ela está com os ombros caídos, as palmas abertas na beirada da cadeira, qualquer um vê que não tem condições de estar ali. Dona Carolina ignora, senta na cabeceira da mesma mesa, de onde vigia todo o salão. Ela me olha, primeiro para meu rosto, depois para minha mão que não deveria estar sobre o pão antes do rádio desligar, para o rosto de novo, para ter certeza de que entendi. Retiro a mão, deixo meus punhos educados na quina da tábua.

O rádio desliga e o salão é tomado pelo ruído do café da manhã, por uma conversa contida, o respeito ao alimento. Minha mãe me olha, depois rasga seu pão ao meio e morde um grande pedaço. É para eu fazer o mesmo. Não ter fome é coisa de menina mimada. Se não estivesse calada ela falaria que não é para gostar, é para engolir como se fosse remédio, não é para ficar delirando, não é para pensar que a comida tem o mesmo gosto do pó que faz os pastos ficarem vermelhos, isso é frescura sua, Cristina. Ela disse que quem passava aperto na cidade dá graças a Deus pela refeição garantida e eu devia aproveitar e aprender a dar valor ao que tinha. Verdade, é só olhar em volta, alguns comem gemendo.

Empurro a massa formada na boca com o café. Minha mãe procura força no pescoço, inclina a cabeça para fazer o pão descer. Levo a mão até o prato dela e pego a metade restante, como a parte dela e ela quase sorri.

3. o algodão

Tem uma coisa que gosto na época da colheita, meu pai colhe perto de mim. Espero na saída do refeitório, as turmas se colocam no rumo de cada lavoura, quem é do algodão recebe um grande embornal de pano, mas não vejo meu pai. Minha turma se afasta, dobrando em fila na cerca da horta, minha mãe me apressa, seu pai deve estar no maracujá, vamos ter que ir sem ele.

O caminho é entre o bananal, subimos toda a vida, sem conversar, atrás do trator que puxa uma carretinha de ferro. Quem comanda é Antônio, ele sempre senta na mesa com o pastor, não precisa pedir empenho, vai a pé para dar o exemplo. Ando logo atrás dele, ele carrega nos ombros um galão de água como se não fosse nada, dá para ver os mecanismos das costas na camisa já encharcada. Não é moço, é sólido até no cheiro que deixa, que parece de lenha queimada, mas não é, coisa que nunca senti em rapaz nenhum. Aqui a força física é uma vantagem, se eu tivesse metade da dele não teria tanto medo.

A maioria está na nossa frente, são muitos, uns oitenta, coloridos e desbotados, um boné de propaganda de um banco que não existe mais, um lenço que foi usado na festa de casamento, blusas de um único encontro, rasgadas, enroladas na cabeça e no pescoço, porque o sol é muito sério aqui.

Nos espalhamos entre os pés de algodão, os campos a sumir de vista, não parece que no final tudo será colhido. Fico ao lado da minha mãe, ela ajeita o embornal junto ao corpo e arranca o algodão sem hesitar, eu fico parada, espero que diga o que sente, desse enjoo que está na cara dela, espero que dê um sinal de que vai desistir, mas ela já leva a mão de novo e puxa.

Tenho que começar, paro de olhar minha mãe e puxo o fruto bem devagar. O pelo vai se estirando e do arbusto esquálido, quase seco, desprende a pluma branca, encerada, quase capaz de flutuar. Seria bom se pudesse usar durante todo o dia esse ritmo, passar cada algodão nos lábios tentando sua delicadeza, mas as outras estão me vigiando, elas arrancam rápidas, espremem as plumas com os caroços e as impurezas, vão para o próximo, mostram como se faz.

A manhã quase terminando e minha mãe não cede, parece sonolenta, tira o boné, o lenço que cobre o pescoço, ajeita, coloca de novo. Antônio fica ao lado da carretinha, recebe dos outros os sacos e despeja, distribui comprimidos para dor e água para quem pede. Todos apertam o algodão com socos para caber mais, impossível o calor não ter enfraquecido o corpo deles, mas continuam, não estão brincando. Antônio vai dizer ao pastor quem demonstra estar impregnado da força de Deus e o abençoado vai subir no palco, dar o testemunho. Eu não caio nessa, tenho as juntas moles e deixo a pluma bamba para o saco pesar menos.

Chega o meio do dia e nos acomodamos no chão, à sombra do bambuzal, e recebemos a marmita. Pego a colher no bolso da saia, sinto a urgência do sangue fraco, ignoro a imundice nas minhas mãos. O feijão está cheirando de novo a azedo, mas como assim mesmo, sem respirar. Minha mãe se afasta, se mistura na turma de cima e depois se esconde atrás da fileira de arbusto, protegida das minhas perguntas. Sei que vai despejar em um canto essa comida que ela não suporta.

Acaba o intervalo e ela aparece, tenta caminhar com ajuda de um bambu, mas dá para ver daqui que não tem mais força.

— Chega, mãe, vamos embora.

— Eu não vou a lugar nenhum.

— O que a senhora está querendo?

Não dá para saber o que está querendo. Será que quer desmaiar na frente de todo mundo na esperança de que meu pai pare tudo e venha cuidar dela? Está cansada dos últimos anos, não pode dizer, mas não aguenta mais, quer voltar a dormir ao lado dele. Ou é contra mim essa cena? Quer mostrar o que é ser uma mulher de fé e que Deus gosta de pessoas assim como ela, não de molengas como eu. Não importa, vai é me dar mais trabalho, ter uma insolação, hipoglicemia.

Ela continua, tenta me ultrapassar, mas o pé prende na teia de bambus.

— Mãe, a senhora precisa descansar.

Ela finge que não escuta.

Venço a timidez e me aproximo de Antônio, peço que ele interceda, conto da noite longa, da teimosia de quem é velha e ainda não sabe.

— Irmã Elenice, por hoje é só, desça com sua filha.

Voltamos para o dormitório em silêncio. Ajudo a tirar os lenços do pescoço, passo um pano úmido na testa e nos pés dela, ela deita.

4. os canos

Passo pela horta, pela varanda onde guardam as sementes, os agrotóxicos, as ferramentas, chego no topo do morro, de onde se avista a parte baixa da fazenda e a plantação de maracujá. Encontro meu pai no setor em que as parreiras estão mal desenvolvidas, onde pendem ressecadas e ralas. De cima, dessa distância, ele parece com os outros, um boné descorado na cabeça, uma camisa velha de tergal, a pele muito queimada pelo sol.

Ver meu pai às vezes tem o efeito de me fazer parar por um minuto. Me custa romper sua calma, cada vez mais colada nele, ou pode ser o modo como move os braços que me incomoda, um jeito econômico de usar as mãos, ferramentas, riscar o fundo da terra dura, e deixá-las inertes junto ao corpo enquanto fala. Podem ser as palavras muito escolhidas, baixas, em meio ao silêncio que vai se esticando entre nós, ou alguma outra coisa que ele esconde de mim.

Chamo, ele olha para cima, acena para que eu me aproxime. Está debruçado sobre os canos do sistema de irrigação.

— Olha o que encontrei pra você.

Aponta no chão, no fundo de meia lata de óleo enferrujada uma aranha armadeira que tenta escalar pela borda.

— Já tenho dessas. Pai, a mãe passou mal a noite inteira.

— Dessas você não tem não, nunca vi dessas por aqui.

— A mãe está passando mal.

— Viu com dona Carolina?

— Dona Carolina? O senhor não vai lá?

— Passou mal como?

— Vomitou, pai, a noite inteira, não aguentou trabalhar.

Ele pega a lata de óleo e lança a aranha entre as parreiras.

— Não é bom você ficar de chinelo aqui.

Ele leva a mão no bolso de trás da calça, pega uma chave de boca, dá as costas para mim e anda em direção à encruzilhada dos canos, a uns dez passos de nós. Vou atrás dele, sem certeza. Ele fecha um registro, bate a chave em um joelho de plástico, enrosca um pedaço sobre o outro.

— A vazão está pouca.

Espio como se eu ainda estivesse na ponta dos pés diante do capô aberto do táxi, ele debruçado sobre um enigma de sólidos geométricos, pó e graxa, deixando eu ficar se olhasse quietinha.

— Pai, estou preocupada com a mãe.

— Sua mãe sempre teve estômago fraco.

De cócoras, ele busca a coroa do caule em um dos pés e desfaz na palma da mão um torrão vermelho.

— Não dá pra entender. Calculei tudo, está dimensionado certinho, mas a água não chega.

— Será que dá para o senhor ver com dona Carolina se tem como levar a mãe no médico?

Ele se levanta, arrasta a bota remendada com um fio de arame, e tampa um cano. Se enfia entre outras parreiras, eu o procuro no labirinto. Já se move daquele jeito, irritante, em direção a alguma coisa que não vejo, e eu atrás. Me imagino socando as suas costas, os seus músculos cheios de si, para ver se ressuscita. Antes que eu faça isso ele para, fica de lado, vira só o rosto, deixa o corpo no ponto de voltar a andar.

— Que dia é hoje da semana?

— Segunda. Não, terça.

— Amanhã tem como.

— Eu sei, pai, mas estou falando hoje.

— Sua mãe está morrendo por acaso?

— O senhor pode pedir pra gente ir na kombi do mercado.

— E atrapalhar o serviço do Jeremias? Fora de cogitação.

O tom de voz foi definitivo. Ele não iria até o dormitório.

Não sei por que ainda me espanto, se quando moravam na mesma casa já era assim. Com a manhã quase alta eu escutava a maçaneta da porta do meu quarto virar, o barulho das chaves vindas da rua e logo a mão dele tocava meu cabelo, bom dia, minha princesa. Meu pai afastava a cortina, deixava a porta aberta, e da cama eu podia ouvir o pedal da máquina de costura nos pés da minha mãe, esperando que ele chegasse, no mesmo vai e vem, sem nunca ser interrompido. E agora ele se agarrou com essa plantação de maracujá como a única coisa que interessa, nem para colheita ao meu lado se importa mais. Inventou que conseguia aproveitar essa parte do campo, um morro de terra fraca, prometeu que dava conta, que com irrigação o pedaço imprestável aceitava qualquer cultura. Na subida de volta olho para trás, dá para ver de longe o destoado daquela plantação, que o engenho dele periga não dar certo. Bem feito. Acho ótimo para ele deixar de ser bobo.

Caminho de volta ao dormitório, avisto o pastinho das éguas. Eu daria conta de tratar dos cavalos, mas aqui não tenho escolha. Jeremias já está na entrada do piquete, vem todo estirado andando em direção ao cocho. Sabe que eu estou vendo. Peito empombado, batendo a mão no balde, dando sinal para as éguas, revoada de pássaro preto. Foi esperto ele, embengou com seu José Braz que já estava mais para o fim e depois ficou o único moço encarregado desse serviço, casqueia, amansa, até cesárea dizem que ele faz, quando o animal agarra. Cavalo aqui é luxo, podem andar o encarregado e os obreiros, a gente não tem motivo, porque não se deve sair gastando tempo para nada. Bem que eu queria ganhar o elevado, lá nos eucaliptos, que não chega a ser uma montanha, mas me serviria para sair do pisado da poeira e balançar o corpo sei lá como, que já não lembro. Andei de cavalo uma vez só, dentro de um campo de futebol, mas andei, os pés nem davam no estribo, Hotel Fazenda Baluarte da Esperança, um sítio com uns patinhos e meia dúzia de galinhas, meu pai levou, na Páscoa, as crianças procurando ovo de chocolate.

Jeremias acena com a cabeça, bem disfarçado, na vista de todo mundo não ia ter coragem para mais. Mandou recado de que me acha a moça mais bonita da fazenda, que rapaz mais idiota, como se eu fosse uma menininha, por que não me fala logo? Em cinco anos não vi nenhum casal formar nesse lugar, não vai ser eu com ele. Esse potrinho está estranho, com pescoço bambo, Jeremias afaga o pelo ensebado, finge para mim que é um homem bom.

A tarde comprimida dentro do dormitório não é como a manhã, nenhum calor é maior do que esse na sombra, sem chance de abrigo. Pedi para dona Carolina vir. Observo minha mãe deitada na lona, minando água pela superfície, ela atrai os mosquitos que estavam pousados na placenta, como uma carne de sol. Umedeço de novo o lenço, coloco na testa dela, pedindo a Deus que lhe volte uma vontade qualquer.

Dona Carolina traz uma cumbuca com sopa rala de fubá, faz minha mãe engolir duas cápsulas vermelhas. Enquanto mete as colheradas em sua boca ela murmura, regozijo-me agora no que padeço por voz e na minha carne eu cumpro o resto das aflições de Cristo, se você carregar a cruz o Pai estará com você, todos são chamados para carregar a cruz até o fim, regozijo-me agora no que padeço por voz, regozijo-me agora no que padeço por voz.

— Irmã Cristina, ela não precisa de médico. Você não viu a irmã Laura? Estava assim e melhorou.

— Mas olha o estado da minha mãe, acho que tem alguma coisa errada. Podemos ir na kombi do mercado?

— Já estou me sentindo melhor.

— Não disse, irmã Cristina? Fique aqui, ela vai dormir, espero você no culto à noite, vamos orar por ela. Se não melhorar, vocês vão amanhã no posto de saúde.

Não concordo, mas não posso dizer, aqui não aceitam isso.

5. a igreja

Entrar nesse galpão me sufoca, ainda mais agora que não vou passar despercebida. A indisposição da minha mãe atrai para nossa família as orações dos outros. Dona Carolina determina que eu sente ao lado do meu pai, na primeira fileira do que chamam de igreja, um retângulo apertado, com as paredes pintadas de branco e o chão de um piso brilhante rajado de cinza. Espero que os outros entrem, me aparece um tremor esquisito, um esfrio de mãos, um palco na altura de trinta centímetros, de tábua fraca pintada de preto, um púlpito e um microfone.

Antônio que vai conduzir o culto, ele entra em meio aos outros, apertando com as mãos pesadas a bíblia principal. Se curva diante de mim o necessário, pergunta como minha mãe está.

Sua solidez agora vem dos cabelos molhados penteados para trás, de um cinto de couro com fivela dourada que só ele tem e da camisa bem passada. E eu, diante dessa estátua que anda, sem contar com o disfarce do sol, ruborizo.

Sei como esse meu desconcerto pode ser interpretado por um homem muito mais velho que eu, mas com traços bem riscados e estrutura ainda firme. Na verdade, tive só um sonho com ele, que acabou numa onda vermelha subindo da junção das minhas pernas para desaguar em meu rosto, o bastante para tornar tudo muito complicado quando preciso que me leve a sério.

Respondo que minha mãe não está nada bem, só está dormindo porque dona Carolina carregou no calmante e que acho que precisa de um médico. Ele coloca a mão em meu ombro, chega o rosto perfumado perto do meu e, apertando os dedos na seda amarrotada da minha roupa, sussurra, vamos orar com fé. Um sopro íntimo roçando no meu pescoço, como se dissesse uma obscenidade.

Meu pai está do lado e não percebe nada. Para ele, Antônio é um homem de confiança. Descobrir o caráter das pessoas nunca foi seu forte, acha que todos são como ele.

Os outros estão acomodados nas cadeiras dispostas em fileiras, cada um tem à mão sua bíblia. Antônio se coloca atrás do púlpito e começa seu articular de sílabas com a segurança de quem pensa que entende o universo. Não é tão habilidoso quanto o pastor, mas fala mais de perto, sabe o nome de cada um e gosta de zombar dos ateus, dos que não acreditam no apocalipse. O pastor é o que está por vir, como o Salvador.

Que o espírito santo da verdade consoladora possa se assenhorar de nossa vida. Vejam a mentira prosperando, ela prospera porque a profecia tem que se cumprir. Nas escolas, nas faculdades, é o ateísmo que mais cresce, vai entrando sorrateiramente o veneno da serpente. Darwin soltou o veneno na humanidade inteira, que o homem veio do macaco, tudo fruto de uma explosão cósmica, não foi Deus quem fez. Enxurrada de mentiras. Ser cristão é sofrimento.

Acho que ele erra a mão. Se não exagerasse tanto, mas nega logo a Teoria da Evolução. Iriam falar que estou possuída se levantasse e explicasse que aranhas estão ficando mais agressivas por causa do aquecimento global, em condições climáticas extremas estão produzindo sacos extras de ovos, esse comportamento é uma prova robusta da evolução. Não vou falar nada, nem meu pai gosta quando digo essas coisas, acha que desenho aranhas para decorar espaços vazios, como minha mãe enfiando linhas coloridas em paninhos de boca.

Antônio intercala a fala que inventa com leituras da bíblia, pede que os outros leiam em voz alta os trechos que indica. Eu ponho os olhos na minha e movo os lábios como se lesse também. Mais à frente começa a falar mais alto, com raiva do demônio, eu acho, e entra o nome da minha mãe, Elenice, a que reluz. Repetem que a cura advirá, a aflição é para os que vieram cumprir a palavra de Deus.

Meu pai acredita em tudo. Foi o que fez a disciplina dos dias aqui, seis horas de sono, o fazer pesado, endorfina, e a dor de antes afunda, vai dependendo de pesquisa, de garimpar no pensamento. E se eles dizem que é a palavra de Deus que o salvou e falam de um microfone, vestidos de gente importante, como eu vou explicar o contrário? Que sua sensação boa é regulação hormonal, que era a falta de sono que estava deprimindo, memorizar caminhos, pessoas ameaçadoras no banco de trás, ouvir tiros, os fogos nos morros, as luzes dos faróis. A fisionomia dele concentra seus dedos encardidos, pequenos cortes de hoje e de outros dias, emplastrados na terra que endurece e cicatriza, sublinham as letras minúsculas, com esforço para percorrer a finíssima folha, no tempo certo, sem rasgá-la. Acho que ele engana bem os outros, presta atenção ao momento em que ameaço virar a página para fazer igual, mas sei que não consegue ler. Vai desistir da vida? Você saiu do nada, um analfabeto, e olha essa casa, minhas coisas. Vai mesmo tirar tudo de mim? Ouvi, a voz chorosa da minha mãe. Está feito, Elen, e não tem volta, o ônibus para a fazenda sai semana que vem. Ali descobri que existem meios de um analfabeto virar um motorista de táxi, também descobri por que lá meu pai me estendia os manuais de eletrodoméstico. Aqui não espero, tomo a frente das embalagens de fertilizante, misturas, mililitros, passo as páginas da bíblia devagar.

Antônio lê a lista dos nomes dos que padecem, quem tem fé deve subir ao altar para ser ungido. Se esbarram no corredor central, retendo a pressa, seis obreiros aguardam, também de camisas passadas, e pousam a mão sobre a cabeça dos outros enquanto falam Jesus Cristo te sara. Meu pai levanta, eu não tenho alternativa, Antônio cobre minha cabeça com sua mão pesada, Jesus Cristo te sara, te livra dos pensamentos impuros, acrescenta. Canalha.

Acabado o culto, algumas moças gastam tempo antes da hora de recolher ao dormitório ficando de conversa na porta da igreja, mas eu não, minha mãe está esperando. Passo por becos falsos entre as construções, que se cruzam com uma avenida falsa, terreiros compridos de chão batido, lâmpadas penduradas nos fios aparentes, uma sobre cada porta. Entro no dormitório, o que era imenso fica fora, lua e tudo, de novo. Encontro minha mãe deitada com os olhos abertos, como ontem as horas vão passar devagar. A medicação deixa bambas suas cordas vocais, ela fala arrastado, me chama para perto, diz não perturbe seu pai. Arrumo o travesseiro sob sua cabeça, trago água, apagam a luz.

Lá pelas tantas um barulho, o ar atropelado, minha mãe dorme e eu, que já quase sentia a maresia de uma praia qualquer, que já quase via uma boca se abrir diante de mim, volto. É lá fora. Os murmúrios e grunhidos daqui de dentro conheço todos. Suspendo o funcionamento do meu corpo para escutar melhor, imóvel. De novo. Vento não é, em julho, sem sinal de chuva. Já devia ter aprendido a ignorar essas perturbações. Os terreiros estão cheios de vizinhos mal-educados que imitam sons de demônios, cães do mato rondando galinheiros, ratos furando sacos de milho, cobras comendo ratos. Longe das luzes fotossensíveis da cidade os animais não foram adestrados para o escondido, e ficam em volta, não fogem de mim para as gretas como fazem os gatos domésticos e os ratos de esgoto. Às vezes penso que vão acabar invadindo o dormitório, que tentam aos poucos retomar o território que foi deles.

Ouço de novo, é um som de movimento, não identifico. Agora outro diferente, patas de cavalos socam as ferraduras logo ali, o que não fazem nunca na madrugada. De um lado para o outro no piquete. As éguas agitadas, sinal de predador espreitando a cria. Na igreja contam histórias de onças atacando bebês, dizem que acontece muito nessa área, por isso ter filho por aqui não é recomendado. Nada de multiplicai-vos, viemos para cá para estarmos seguros, não queiram tudo, irmãos. Aquele potro. Será que Jeremias não guardou no bezerreiro, molenga do jeito que o bichinho estava? Não tenho nada a ver com isso. Minha mãe dorme profundo. Enfio a cabeça debaixo do travesseiro.

Um relincho. Só eu escuto isso? Sento na cama, observo toda a extensão do dormitório, tudo plano, quieto. Se arrisco de camisola depois daquela porta e me pegam, vou virar dona de todas as maldições. Que esse potro se dane.

O metal das ferraduras. Será que é possível que começou? Que só eu escute isso? Só eu mesma, de verdade? Minha tia-avó era esquizofrênica, tenho esse gene, e estou na idade dela quando a realidade começou a escapar. Como tenho medo dessa ameaça instalada, latente na mesma estrutura espiral que conforma meu cabelo liso, de ser esse o meu destino. Se ter uma alucinação auditiva é escutar o que os outros não escutam, eu estou tendo um ataque. Vou checar, saber se tem explicação ou se a proteína falha deu a partida e os animais pisoteiam é dentro de mim.

Visto uma blusa por cima da camisola, atravesso o corredor, passo pela porta e atrás da cerca bamba a sombra grande da égua no azul dá o sinal de que ainda não enlouqueci. Ela já não corre em círculos, remarca as próprias pegadas contida pelo cabresto na mão de Jeremias, enquanto ele, usando uma vara de ferrão, erra contra o bando de urubus que quer a sombra caída do potro. Barulho de asa em voo raso, era isso.

Está quase amanhecendo e eu podia acudir e aninhar o filhote na minha saia, cuidar de seus olhos, que a essa altura devem estar furados, usando as compressas da minha mãe, mas fico parada onde nem Jeremias me vê. A égua bufa e ele não entende o que ela sente, ele só quer salvar a carne morta e vender a mercadoria, sei de tudo. Para que serviria um cavalo cego? Eu podia ajudar, dar comprimidos para dor, pomada cicatrizante, impedir que lhe arranquem as patas, a cabeça, o couro, mas não ajudo. Fico aqui, tenho tudo a ver com aquilo, mas não ajudo. Jeremias amarra a égua, de frente mesmo, nem se importa, e com a lança improvisada encerra a agonia do filhote enquanto a mãe assiste.

Recuo, encosto na parede escondida na sombra escura, como que para não ver o que vi. Jeremias pega o carrinho de mão, caminha com pressa, vai para o lado de lá do piquete carregando o potro morto, some atrás das baias. Ouço o primeiro pio de passarinho, daqui em diante o branco vence rapidamente. Me encolho mais um pouco, Jeremias demora lá atrás, esqueço que podem dar falta de mim e espero, quero ver as mãos dele. Descanso um minuto meu pensamento no céu clareando, depois da horta grande, na linha do mandiocal, os vizinhos noturnos vão ficando em silêncio.

Aparece Jeremias, as mãos cheias de vermelho e uma faca, como pensei. Ele vai até o bebedouro na beira da cerca e se livra da tinta pegajosa, depois desamarra a égua e pega o balde de trato, batuca no plástico com o mesmo ritmo de sempre, e ela, esquecida, o segue até o cocho.

Sinto sono, fico curiosa para saber onde ele guardou a carne, volto para o dormitório aliviada porque minha percepção está intacta. Quando eu era menina chorei porque meu pai passou com o carro em cima de uma pomba.

6. o mata-burro

Dona Carolina me estende um envelope de papel, fala que é o formulário com os sintomas, para entregar para o médico, me dá também uma sacola para a muda de roupa, precaução se minha mãe passar mal no caminho. Não sei onde estão as bolsas que trouxemos no dia da chegada, de tudo só deixaram nossas roupas em uma prateleira, ao lado da toalha e do lençol que já estavam lá. Recolheram meu pequeno porta joias com duas pulseiras e um batom, meu macaco de pelúcia, um vidrinho de perfume, disseram que eram sinais de vaidade. Quando perguntei o motivo de me tirarem o macaco de pelúcia, responderam que aqui somos iguais, ninguém tem mais que ninguém. Mentira. Antônio e os obreiros têm muito mais.

Às oito a kombi faz o contorno na estrada ao lado do dormitório, Jeremias dirige, está sozinho. Uma ossada da cara de um boi enfeita a porteira do piquete. Vamos no banco da frente porque sacode menos, eu no meio, ao lado de Jeremias, e minha mãe na janela para tomar o vento. Ela resiste sem tombar a cabeça, a pálpebra caída regula o sol que bate enviesado na cara e na estrada de terra. Firmo o pé no assoalho do carro para não encostar na perna dele, um rádio velho de fábrica com botões sintonizadores quebrados sempre na mesma estação, quase invisível no mostrador tomado pela poeira vermelha.

É bom ver os mourões passando, a cerca ficando e a gente indo. E essa velocidade, como a do táxi do meu pai. Distraio do que estou fazendo aqui, afasto minhas costas do banco, estico o pescoço um pouco para escapar da visão lateral, minha mãe e Jeremias, balanço suspensa, estrada de um lado, de outro e adiante. Sei que vou ter que voltar, mas não quero pensar nisso.

Jeremias vai quieto, espera minha mãe dormir. Ele tem a mão de rédea, acostumada a tratar suor de cavalo afobado, ele a desliza paciente pelo volante, sem dar um arranco, mantém os olhos fincados longe.

— Ela dormiu?
— Dormiu.

Sei o que ele está pensando, que agora está sozinho comigo. Vai falar alguma coisa para tentar intimidade.

— Não vai ser nada, estava um andaço semana passada, irmã Efigênia ficou ruim, irmã Rosa também, o doutor falou que é virose. É bom ela dormir que a viagem passa rápido.

— Quanto tempo até lá?
— Menos de uma hora.

Aproveito que ele ainda não tomou coragem e fico lá fora. O braço dela no meu, o cheiro do sabonete de ontem no seu cabelo, não quero, só quero ver. O capim seco volumoso, um buriti, um fio roçando no outro no poste esquecido tombado, uma capela abandonada, sem parar.

— Por que você não quis ir na Fazenda Modelo?

— Não foi eu, você conhece meu pai.

— Tenho certeza que a dona ia querer comprar seus bordados, é uma mulher muito caridosa.

— Com a mixaria que esse pessoal paga?

— Eu falei de você, ela quer ver.

— Leva pra mim, então.

— Amansar cavalo e mostrar bordado, não tem nem graça um troço desse. E eu falei com dona Carolina, você pode levar o bordado de todo mundo, vai ganhar uma beirada.

— Grandes coisas.

Não gosto de gente caridosa, essas velhas da cidade dependuradas no parapeito das janelas, que compram bordados desenhados num paninho ordinário por dois reais. Por que não dão o dinheiro sem eu ter que passar horas cutucando meus dedos nas agulhas, fazendo uns traços inúteis, que uma máquina faz melhor em cinco segundos? Perguntei a minha mãe. Se fazem questão de dar um trocado por dez dias da minha vida, só pode ser por inveja, pelo gosto de tomar a vida de mim. Minha mãe falou que sou doida de pensar essas coisas. Doida é ela.

— A filha da dona gosta de bicho, igual você.

— Eu estudo aracnídeos, não gosto de bicho.

— A Zélia falou que ela tem uns quadros de borboleta pendurados na parede do quarto.

— Ah é?

— E eu já vi a moça com uma rede no pasto.

— Você volta lá quando?

— Toda semana, está cheio de potro no ponto de repassar. Se quiser eu peço pra dona Carolina falar com seu pai.

Será o quê que esse rapaz está pensando para fingir que existe romance possível aqui dentro dessa kombi cheirando a galinha e borracha endurecida? Pensa que já cheguei no ponto de querer que ele seja meu par? Que vou fiar minha esperança em um braço sem pelos como o dele? Confiar nesse moço que se comporta como um urubu, esperando que a criação morra para ficar com a carne? Talvez me veja assim mesmo, uma quase morta. Pensa que vai inaugurar uma nova era da fazenda, me fazer ocupar as casas na divisa para procriar e amamentar, como eu fazia nas minhas brincadeiras de boneca. Que no fundo eu quero que ele cuide de todo o serviço pesado enquanto eu passo as camisas dele. Jeremias não me conhece, acha que vou entregar os pontos. Quero é saber onde ele enfiou aquele potro morto e se anda vendendo carne de cavalo, se vem daí seu dinheirinho sujo. Ele acha que não vejo sua bota nova, de couro, marcada com cara de boi, que não vejo que olha as horas em um relógio prateado que guarda no bolso da calça e que tem a íris negra brilhante, atenta aos caminhões em frente ao depósito, a Antônio contando maços de notas, e disfarça a ambição.

Já reparei, Jeremias fala sozinho, para dentro, agora mesmo está falando, é a coisa mais esquisita, só pode ser reza fundada na cobiça, pedindo absolvição. Minha mãe caída no meu ombro do outro lado. A kombi range gastando a força para subir o morro, ele vira para mim e mostra seus dentes faltando um, preteando na junção do meio. Esse modo de estar feliz apesar de tudo é o que tem de pior nele. Coisa de idiota. Finjo que não vejo, fico olhando um mata-burro banguela como ele no topo da subida. Não vai olhar para a frente, Jeremias, seu idiota? Ele vê em cima, o barulho da pancada abafa o rangido, o vento passa na minha orelha, corre de trás para a frente.

— O porta-malas abriu, Jeremias!
— Merda!

Por que merda? Nunca fala essas coisas. Ele aciona o freio de mão, em um movimento está na traseira da kombi e fala alto, clemência meu Jesus Cristo, clemência. Como é exagerado.

— Vai ficar rezando ou vamos levar minha mãe ao médico? — grito de dentro da kombi.
— Espera um pouco.

Está demorando demais. Chamo de novo e ele não responde. Lembro que nessa estrada não passa ninguém e tenho medo como todas as meninas, definida por essa porta de morte, esse acolchoado de sangue. De novo me pergunto por que ainda não tomei a providência que me ocorreu tantas vezes, guardar uma faca qualquer no bolso da saia, junto à colher.

— Jeremias!

Apoio a cabeça da minha mãe na sacola, saio pelo lado do motorista e paro ao lado do mata-burro. Ele está dentro da valeta funda, circula com uma corda a boca de um saco de cinquenta quilos e tem as mãos meladas, como antes.

— O que é isso, Jeremias? — pergunto por maldade.
— Espera no carro!

Ele perde a gentileza, eu recuo um pouco. Ele abaixa a cabeça, concentra no nó por fazer, o colarinho enfiado no cabelo louro engordurado. Não é porque resolveu tentar mandar em mim que deixou de ser um idiota.

— Não grita comigo! O que você tem aí?
— Pode esperar no carro, por favor?

Ele afina a voz, me olha feito um menino apanhado com a boca suja. Sinto vontade de rir. Ele lança o saco gotejando sangue no porta-malas. Põe as mãos no volante, o cheiro do sangue perto, ondulado. Olho para ele, alguma coragem ele tem.

Morro Branco chega aos poucos, uma casa de lata e barro, arame farpado, outra casa, tapume e barro. A cara do sertão, esse quadro conhecido, nem árvore nem calçada. A kombi vira, aponta para dentro da cidade, o espalhado vai juntando. Agora lajota, reboco, amparas com ferro e viga. Sinto a cidade tremida na beira dos bloquetes de cimento, plana, sem enfeite, uma arquitetura achatada pelo azul do Cerrado.

Chegamos com o dia já instalado, sol empurrando quem resiste na rua para a sombra das muretas e dos guarda-chuvas. A fila do posto de saúde segue essa regra, e minha mãe acorda diante dela quando o vento para de bater na sua cara. Está mole, Jeremias a sustenta, eficiente em sua camisa de botões, pedindo licença entre as meninas. A sala de espera apertada está cheia delas, grávidas de todas as fases com as barrigas à mostra entre miniblusas e shorts. Um basculante aberto e dois ventiladores de parede, imóveis. Estão esperando há horas, dá para saber pela quantidade que são, mas passar na frente delas não constrange minha mãe. Essas pobres coitadas perdidas, é isso que pensa.

Entramos logo, as duas. O médico aponta cadeiras gastas, enxuga a boca nas costas do jaleco e joga um saquinho plástico no lixo. De trás de uma mesa desbeiçada ele olha direto para mim, o suor brota em seu nariz muito pequeno, enterrado num rosto redondo.

— Trouxe o papel?

Ele fala comigo. Entrego para ele o envelope e ele guarda na gaveta sem abrir.

— Quando começaram os sintomas?

Ainda olha para mim.

— É minha mãe que está doente.

— Eu sei, mocinha.

— Cristina, responde o doutor.

— Ela começou a passar mal ontem à noite.

— Só ontem à noite? Não parece. Há quanto tempo está sofrendo, irmã? Fale a verdade.

Minha mãe não responde.

— Se a senhora não falar a verdade não posso ajudar.

— Um mês.

Ela fala baixo, olhando para as mãos.

— O que, mãe? Um mês?

O médico bufa e sorri satisfeito, pega no braço da minha mãe, a leva até uma maca que se espreme entre duas paredes da saleta. Passa a ouvir seu peito com estetoscópio enquanto fala devagar.

— É só bater os olhos na senhora. Um quadro como o seu não acontece da noite para o dia. E também não acontece se a alma não estiver envolvida.

Ele abre dois botões da camisa dela e examina a pele. Não sei se ofereço ajuda para desvesti-la. Me seguro na ponta da cadeira, pode ser que ele não goste, que mande eu ficar onde estou, melhor não.

— Essas manchinhas em formato de teia chamam angioma de aranha. A senhora reparou se ocorrem em outras partes do corpo?

Minha mãe confirma balançando a cabeça.

— Sempre digo, o inimigo tem caminhos insuspeitos, o que começa no espírito vai se assenhorando do corpo aos poucos. Quando sintomas como esses aparecem é porque ele já está fazendo morada há tempos. Por que a senhora está escondendo as coisas da Igreja? Por que não veio consultar antes?

Ele pendura de novo o estetoscópio no pescoço, indica com a mão a cadeira vazia. Ela obedece, tampa o rosto com as palmas abertas, balança o peito de leve. Me curvo sobre ela, tento fechar sua camisa.

— Mãe, não chora, não tem nada disso que ele está falando.

Insisto ajeitando uma aba do tecido dobrado, ela empurra minhas mãos com os cotovelos. O médico já está atrás da mesa e me encara.

— Como não tem nada disso? Por acaso temos aqui uma descrente? O pastor está sabendo?

— Eu não sou descrente.

— Pensamentos impuros refletem em nossos entes queridos, a manifestação do maligno em um membro da família pode ser revelada no corpo de outro. A senhorita como filha está cumprindo com suas obrigações de cristã?

Não respondo. Confiro o bordado em seu jaleco, Dr. Fernando Albuquerque. Um quadrinho de vidro na parede em cima de sua cabeça, um impresso que deve ser um diploma, mas que não dá para ler. Ele continua me olhando, sério. Espera mesmo que eu responda.

— O que isso tem a ver?

— O doutor tem razão, Cristina, estou escondendo as coisas.

Chego meu rosto perto do dela como se pudesse evitar que ele ouça.

— Meu Deus do céu, mãe, a senhora veio no médico para descobrir o que tem, tomar um remédio certo.

— Talvez ela já saiba o que tem. A medicina não pode fazer nada sem a intervenção de Deus, a causa de todos os males é espiritual.

— O quê?

Ele começa a escrever alguma coisa em um bloco de receitas. Esse sujeito está dizendo que minha mãe tem um encosto? Que tudo o que limpei é obra do diabo? Ele abre uma gaveta, dá para minha mãe uma cartela de comprimidos e um frasco com água dentro.

— Isto é para o enjoo, um comprimido de oito em oito horas. Esse líquido é para o espírito, está abençoado pelo pastor Alfredo, duas gotas por dia. O mais importante é a senhora se consultar com o pastor assim que ele vier na fazenda.

Ele estende para mim um outro frasco.

— Todas as noites antes de deitar, cinco gotas.

— Eu não quero nada disso.

— Não seja sem educação, Cristina, o doutor quer ajudar.

Pego o frasco. Ele me entrega em seguida a receita que rabiscava.

— O que ela tem? Pode ser grave?

— Se o pastor resolver que precisa, aqui está o pedido de exame para fazer em Montes Claros. Estou achando sua mãe amarela. Agora podem ir.

Eu olho o papel. Icterícia, angioma de aranha, sorológico. Dr. Fernando Albuquerque, CRM. Coloco na sacola entre a muda de roupa de minha mãe.

— Mas pode ser grave?

Ele fica de pé.

— Com o exame pronto, vocês voltam.

Minha mãe pergunta o que tanto olho nela. As casas são agora um borrão colorido ao fundo, passageiras, o mesmo se fossem edifícios, morros ou o mar. Primeiro foco no lado do rosto virado para mim, o rastro do sol misturado na pele surrada, tenho dúvida. Depois o pescoço de mulher muito branca, parece mesmo amarela. Ela me encara e pergunta de novo o que tanto olho nela. Seus olhos estão amarelos, com certeza, amarelos. Como não vi isso antes?

Jeremias pergunta se está tudo bem, se é virose mesmo. Minha mãe diz que sim. Continuamos no limpo do cimento, a poeira embaçando o vidro da frente onde estava a rua, a mão dela enganchada na minha. Eu, sua filha, não vi que seus olhos estão como gemas de ovo. O que eu estava fazendo? Cuidando dos meus desenhos de aranha? A kombi está balançando demais, minha mãe pede para ir devagar. Não existem espelhos no dormitório, nenhum. Se não sou eu para reparar nela, como ia saber que partículas amarelas estavam tomando seu sangue?

— Um mês, mãe? O que você está sentindo? — falo muito baixo, não quero que Jeremias ouça. Ela olha a poeira na sua frente. — E por que não me disse nada?

Passo de leve a ponta dos dedos nas costas da mão dela, acaricio, ela afrouxa as juntas, escapa. Jeremias espia. Uns fios brancos soltaram do laço, grudaram no rosto dela, mas parece que não sente. A orelha nua onde havia uma menina de pedrinha e ouro, presente do meu pai quando nasci, ficou um furo, que afunda com os dias puxando. Onde será que foi parar aquele brinco? Ela tirou para vir para a fazenda ou um pouco antes, quando deixei de ser sua menina? Quando foi? Por que não me deu para guardar, minha miniatura? A menina cheia de luxos. Minha mãe anda escondendo as coisas, disse para o médico. Esconder o que, de quem, naquela fazenda sem gavetas, sem chaves, onde se dorme, trabalha, reza junto, todos os dias? Talvez seja eu quem tenta esconder. As manchas em forma de teia de aranha.

Pele amarela é coisa no fígado, tenho certeza, e com isso é melhor não brincar. Montes Claros fica longe daqui, conheci a rodoviária no dia da mudança, e nunca mais voltei.

— Jeremias, você já foi em Montes Claros?

— Conheço.

— A Cristina não tem nada pra fazer em Montes Claros, está inventando moda.

— O médico pediu uns exames pra minha mãe e só tem lá.

— Pediu nada, disse só se o pastor achar que deve.

— O pastor é médico por acaso, mãe?

— Se dona Carolina deixar, levo vocês de kombi, sem problema.

— Eu só vou se o pastor mandar.

Uma carroça abarrotada de carne fecha o caminho. Carcaças escorregadias empilhadas sem cerimônia numa prancha imunda seguem para o mercado. A cidade aperta numa reta estreita de mão única. O sebo amarelado funde os animais mortos, mistura o que quis quebrar a régua do tronco de contenção com o que deu cabeçada na porteira do curral, o que resistiu deitado na rampa do embarcadouro e o que preferiu não querer nada. Não consigo ver onde termina um boi e começa o outro.

Uma varejeira cintilante, escapada do enxame fúnebre, volta, entra pela janela, tenta os ouvidos da minha mãe, circunda sua boca, pousa em seu braço, o amarelo envolta dela feito a gordura na carne do boi. A mosca sentiu foi o cheiro da minha mãe, não o meu, tenho outra natureza, não me deixo abater. Preciso de um plano, tem tempo que penso nisso. Posso aproveitar essa ida a Montes Claros e dar meu primeiro passo, procurar a Ritinha que está por lá, conhecer o alojamento na cidade. Quem consegue ir para Montes Claros para trabalhar no restaurante ou no posto de gasolina da Igreja não volta mais para a fazenda. Meu pai vai querer me segurar, dizer que não aguento serviço, mas não adianta, depois que fizer vinte e um não fico nesse buraco nem mais um dia. Vou mostrar que tenho fé, firmar compromisso e Deus vai ajudar, o pastor vai deixar. Aí vou poder juntar dinheiro e voltar para minha cidade, que é longe daqui e bem perto do litoral. É que eu já vi o mar, e no mar os olhos daquele menino, sei que existem navios que saem e que é a maré que dita quando dá para passar em certa curva. Sinto falta de outra chance, do sobe e desce da minha ladeira, do espaço disputado na feiura das calçadas, da tentativa. Não suporto mais esse reto, isso não é para mim.

Jeremias se preocupa com o potro no porta-malas, fecha os vidros tarde demais, as moscas agora são muitas. A carroça impõe uma lerdeza extrema, seguro os lábios para que as moscas não entrem, ele olha para a mesma carne empilhada, sabe que leio os pensamentos dele, que sei que ele peca, cobiça, rouba do pastor. Jeremias, meu pretendente.

No canto da prancha da carroça, salientes um pouco para fora, todas as canelas separadas dos animais abatidos, gado de cor, pelo amarelo, vermelho, preto, vão ser encostadas no balcão de azulejo para garantir procedência bovina e venda rápida, antes que as larvas das moscas se estabeleçam no esquartejado exibido nos ganchos sem refrigeração. Jeremias já deve ter esse problema resolvido, algum comparsa para receber o potro e embaralhar seu corte na mercadoria autorizada. Me surpreende esse Jeremias, com essa cara de moleque burro, passando a perna no pastor. Pode me servir, não é tão idiota assim.

Ele para a kombi no estacionamento do mercado, um gigantesco galpão lotado de bancas capengas, para onde tudo quanto é grota da região escoa o que consegue produzir, o alisar de um vaso de barro, a condução do arado enferrujado, a vontade de casar na cidade, longe do lampião, um potro morto. Ele pede que eu espere, abre o porta-malas, volta com rapaduras e suspiros e coloca no meu colo, sem dizer nada.

Parece que são para mim e isso pode ser uma palavra de amor. Ele deu um jeito de lavar as mãos bem lavadas, jogou um balde de água suja no porta-malas e as varejeiras desistiram. Seguimos de volta.

Minha mãe desce em frente ao dormitório, desembarco em seguida abraçada nos doces, debruço na janela da kombi.

— Vou precisar que leve a gente em Montes Claros.

— E o pastor?

— Isso não é da sua conta.

7. o carrinho de ferro

Guardei a prescrição dos exames debaixo do meu travesseiro. Já passou uma semana. Minha mãe mistura o remédio do médico com os calmantes de dona Carolina antes de subir para a lavoura. Ela reúne os comprimidos na palma da mão enquanto o refeitório se esvazia.

— A senhora sabe se pode tomar isso junto, mãe?
— Se pode tomar separado pode tomar junto.
— A senhora não comeu quase nada, como vai trabalhar?

Ela entra na fila, pega o embornal, as outras vão passando morro acima, enquanto ela ofega a meu lado, sem tirar os olhos da carretinha. Já despejei algumas vezes e ela não conseguiu encher nenhum saco, Antônio finge que não vê, que minha mãe não existe. Ela pega uma fileira mais afastada das outras, fia a manhã, a tarde, calada. Para, mãe. Quer que eu desça com você? Está bom, mãe, acho que pode parar. Ela segue, lenta, amarela.

Os dias passam e ela esconde que não melhora, esses remédios não estão valendo de nada, ela não diz o que sente, mas eu vejo. Ela leva a mão na altura do estômago toda hora, sem perceber, agora mesmo, ainda deitada e o dormitório já varrido, e guarda sua fala alagada para longas orações que faz ajoelhada na beira da cama quando deveria estar com as outras no bordado. Estou sentada em um pedaço de tronco em frente ao dormitório. Vejo de longe a grande mangueira que dá a sombra onde as mulheres bordam durante a tarde de domingo, minha mãe gosta de ouvir os mesmos casos, de cantar com as outras as músicas para Deus. Ela acha que estou lá, mas não vou bordar, não tenho vontade de desenhar aranhas, fico parada.

Dona Carolina já disse para Jeremias que sem ordem do pastor não sai condução para Montes Claros, não sei o que faço. Anteontem encontrei na beira da cerca da estrada um carrinho de ferro que cabe na palma da mão, está guardado atrás da pilha de roupas. Bem que podia ser um objeto encantado, enterrado há mil anos, que se transforma pelo toque em um carro de verdade e me tira daqui, como numa história infantil.

Vejo as meninas, perto das mulheres, umas treinam uns traços e nós. Estão todas crescendo, chegando na linha dos ombros, logo não haverá mais crianças. Não nascem bebês aqui, as famílias que vieram com filhos pequenos ficaram em casas de colono, na beira da estrada que leva ao fim da fazenda, até eles pegarem corpo, depois os meninos foram para o dormitório dos homens e as meninas para o das mulheres. Agora quase todas as seis casas estão desmanchadas e as levas de pais, mulheres pecadoras e seus frutos, foram separados, menos motivo de cobiça. As louças foram arrancadas, buracos feitos à marreta no lugar do batente da porta, as telhas foram para o paiol. O que restou das casas, as paredes dobradas, não vale a pena mexer e fica enfeiando o capim e o chão. E eles falam que o desejo dos homens se resolve com penitência e os outros aceitam. Não sei se era isso que meu pai queria, ficar livre de uma vez de mim e da minha mãe, ou se acatou essa surpresa como fez com tudo aqui.

No meio da roda das cadeiras, entre os bordados, vejo Marina, a menina mais nova, ela veste a saia que foi da prima, o cabelo crespo em uma trança apertada passando a cintura. Ela veio no mesmo ônibus que eu, no banco da frente, incomodando com a fralda suja, e hoje dorme duas camas depois de mim no dormitório. Tenho pena dela, só conhece o canto da igreja, os pintinhos, uma boneca de pano que minha mãe costurou. Seria a companhia perfeita para meu carro mágico, antes que ela endureça de tanta certeza, vai sentar ao meu lado, morrendo de medo, apontando em um mapa fantástico a encruzilhada mais próxima, o posto de combustível, os pousos para as noites.

— Marina, vem cá.

Ela reconhece, olha para mim e vem correndo, apressando as perninhas de seis anos e pouco, a saia deixando marcas no chão de terra. Foram para mim os primeiros passos de Marina, entre as camas do dormitório, e às vezes chama meu nome no meio da noite, mas, por mais que eu tente soprar, alguma poeira vai ficando nos cantos de seus olhos, grudando os cílios.

Ela senta ao meu lado no tronco com os pés balançando. Brinca com os dedos das mãos, encosta de leve em mim, acomodada na árvore deixada no meio do caminho, como se esperasse uma condução para fora daqui.

— Marina, tenho uma coisa para você, mas é segredo. Você tem que prometer que não conta para ninguém.

Sua boca miúda vira, cheia de fome, as mãos param alertas, o corpinho seco.

— Prometo, tia.

Disse com a voz ainda menor que ela, uma criança bem--educada a não querer nada. Ou deve pensar, o que ela pode ter para mim além de uma boneca de trapo ou toalha de mão bordada Marina?

— Então me espera aqui, já volto.

Escondo o carrinho na palma de uma mão, enquanto seguro Marina com a outra. Eu podia andar a estrada toda, até chegar na minha cidade, por anos, mas vamos por um trilho de boi que dá a volta no pasto, mais nada. Procuro um trecho mais descaído, fingindo perigo de queda, um precipício de mentirinha. Aponto uma grota logo ali que esconde do sol um retalho do pasto.

— Aqui, Marina, é aqui. Ali atrás daquela grota tem uma passagem para crianças com imaginação. Você tem imaginação?

— Tenho.

— Segura firme na minha mão, é importante a partir desse ponto manter os olhos fechados.

Equilibro no risco estreito do trilho, Marina transpira colada em mim. Paro, deixo o carrinho na minha mão esticada bem perto dos seus olhos.

— Pode abrir.

Marina sorri antes mesmo de ver, depois toca, fascinada pelo metal, desliza as rodas pelo seu braço pelado testando as engrenagens.

— Mas é um carrinho de menino. Pode, tia Cristina?

— É nosso segredo, não lembra?

Fico olhando Marina ajoelhada sobre o algodão esgarçado, ela percorre um deserto, sobe e desce as enormes montanhas com seu carro amarelo, fugindo de meteoros. Um calango, um planeta cheio de dinossauros. Solta barulhos de motor, palavras de comando, tão baixo que só entendo porque leio seus lábios. Procuro a meia sombra de um arbusto, ela não se cansa, não se lembra de mim, deixo o que não pode ser se desenrolar dentro de Marina, a conquistadora, ela se enfiando entre as estacas podres. Fico onde estou, não sou mais uma menina.

A tarde vai passando, a mãe dela já procura, um grito severo vem do alto, assusta Marina, o carrinho despenca.

— Estamos caçando calangos. Já subo, irmã Efigênia.

Abraço Marina, no seu ouvido digo que encontro o carrinho para ela amanhã, agora precisamos ir. Sei que no seu rosto fica o que não tem consolo, então não olho.

Do dormitório ouço uma vaca mugindo alto, o que fazem as vacas quando separam delas o bezerro novo, mugem como se fossem ser mortas ou o mundo fosse acabar. Minha mãe já não ora na beira da cama, dorme ignorando a vaca que grita aqui tão perto. Nessa luz fraca, olhando de cima, desconfio que um dia até foi bonita, assim deitada, livre da força do chão tracionando as linhas de seu rosto para baixo, as formas numa proporção exata, quase bruta de tão correta, sem detalhes traiçoeiros, confiável. Pode ser que no começo meu pai tenha gostado dela por isso, mais do que da sua brancura. Vejo um fio da mancha que o médico encontrou no pescoço dela saindo por baixo da camisola. Ela parece fora, o sono firme de calmantes. Levo meu dedo e toco, ela não mexe, puxo a malha da gola, aparece a teia aumentada, mais vermelha, e um outro ponto de início ao lado, onde na semana passada estava limpo. Puxo mais um pouco, penso em desabotoar, a vaca muge, não vai adiantar, não sei ler essas manchas, angiomas de teia de aranha. Confiro a receita debaixo do meu travesseiro antes de me deitar.

8. a garça

Minha mãe percebe que estou inquieta, pergunta da coleção de aranhas como se tivesse interesse, respondo que estou sem papel. Ela puxa um algodão e antes de colocar no embornal dela, que passei a carregar junto com o meu, esbarra a mão no meu punho e segura. Tenha paciência, minha filha. Imagino que paciência é essa que exige. Já me conformei até agora e fiquei aqui, o que ela quer mais? Que eu aceite ela se arrastando morro acima para não contrariar dona Carolina, que eu veja meu pai passando os dias tentando adubar parreiras mortas enquanto ela desaparece, ressecando sob o amarelo e esperando uma palavra dele. Ela falou minha filha. Não é bom sinal ela deixar de lado o que odeia em mim para me lembrar que sou única entre as outras e que só tem a mim. Olho sua mão enrugada, fraca e pegajosa deformando o algodão na minha pele. Vou procurar Jeremias, vai ter que me ajudar.

Sei que não devo fazer o que estou fazendo, ficar repetindo um gesto que me aperta o peito, mas é a última mulher deixar o dormitório pela manhã que escorrego para o chão, me arrasto até a cama da minha mãe e afasto a camisola dela. O que era um ponto na semana passada já tem o diâmetro de uma moeda e quase emenda com a outra mancha mais antiga. Só eu vejo isso.

— Mãe, preciso sair, vou com o irmão Jeremias na Fazenda Modelo.

Ela força e abre os olhos.

— Pode ir, já vou levantar.

— A senhora se incomoda se eu ver as suas manchas?

— Que ver minhas manchas o quê. Incomodo sim.

— Ver se estão aumentando, mãe, pode ser importante.

Ela vira de lado, canta uma reza, livrai de todo o perigo, de toda doença do corpo, o todo poderoso, misericórdia, meu Deus, livrai de todo o perigo, de toda a doença do corpo, o todo poderoso, misericórdia, meu Deus.

— Mãe.

— Já vou levantar. Se você vai, vá logo.

Jeremias dirige a kombi falando sem parar, descreve o andamento de cada cavalo amansado, promete deixar eu dar uma volta, eu olho para ele como se me importasse com isso. Aquele potro. Decidi que não quero mais andar a cavalo, os cavalos serviram aos humanos que chega, agora já inventaram o motor, mas não vou dizer nada.

São mais de duas horas da tarde, a chaminé da casa grande solta cheiro de porco frito e Jeremias conclui que ela vai demorar. Confiro o estado dos meus pés, os cantos mal lavados sob as tiras de plástico, meus olhos param no meio da minha barriga, um botão marrom enorme entre os de madrepérola, destoando na seda branca da minha camisa de domingo. Penso nas mãos da minha mãe amassando o algodão contra meu punho. Paciência.

A sede da fazenda brilha em tinta azul e branca. Se eu morasse aqui não sairia de casa por nada debaixo desse sol. Me apoio na cerca de madeira enquanto Jeremias amarra a cabeça agitada do potro no mastro central. Ele tenta a manta antes do arreio, o animal não permite, escoiceia, tenta de novo, outra vez, carícias, chicote, passa mais de uma hora.

A dona da fazenda e sua filha chegam e sentam em um banco com almofadas coloridas bem na minha frente, do outro lado do redondel. Não posso ficar reparando, consigo só ver que são magras, as duas, e vestem roupas claras. Jeremias troca o cavalo, passa por mim puxando outro, já dócil, marcado a ferro. Me esforço para olhar para ele, o que quero é prestar atenção nelas, saber o tecido dos vestidos, com o que estão calçadas, se gostam do Jeremias e do seu serviço. Não sei se me veem, tão bem misturada que estou nesse lado reservado para as coisas da lida, o cocho, o balde, a sombra da varanda onde fica a picadeira. Como vou falar com essa mulher? Não deveria ter vindo, esperar o pastor era o certo.

Jeremias sela o cavalo, monta, coloca em marcha, faz círculos na areia varrida beirando a cerca. Ele mantém o determinado, comanda as rédeas nos dedos, tronco ereto. Gira mil vezes. Precisa mostrar que a exaustão não altera o passo, que o adestrado resiste. Tento acompanhar, evitar olhar para o lado delas, mas agora a dona levanta, encosta na cerca, se interessa, avalia. O metal do bridão faz espumar o cansaço, a saliva branca pinga nas patas dianteiras, na maçã do peito, ele masca, o pelo encharcado revela veia, tendão. E roda, roda.

Parada, sustento meu corpo com o mesmo esforço, não sei por que vim aqui. O cavalo percorre e eu sigo, rápido, mais ainda, a areia molhada de suor respinga na minha saia, as bordas da visão escurecem, fico tonta. Me seguro com a ponta dos dedos na tinta branca da cerca, ela escorrega. Procuro um ponto fixo, levanto a cabeça, olho a moça do outro lado. Ela me vê. Ancoro por uns segundos nesse fio que se forma, ela, meu reflexo, ouve o que não posso dizer, me ampara. Deixa sobre o assento o que tem na mão, um caderno, um lápis. Uma neblina fraca toma o redondel, deve ser o vento que trouxe a fumaça do porco frito. A moça fica de pé.

— Não aguento mais. Deixa esse cavalo descansar!

— Não é você quem determina isso.

A mulher exige, continua a olhar o cavalo, enquanto a filha se afasta, caminha para os lados da casa, foge devagar. Uma garça sobre a fumaça. Vejo que Jeremias se distrai, afrouxa a força da espora, bambeia a rédea. Impossível que ele não se abalasse por esse corpo que flutua meio escondido em um pedaço de linho, os cabelos negros curtos, a nuca exposta.

— Está parando por que, Jeremias?

— Já deu o tempo mesmo, dona Altiva.

Jeremias põe o cavalo ao passo. A mulher me examina, minha roupa em desacordo com o calor, punho abotoado, já sabe de onde venho. Ela está fresca como a filha, em um vestido com os braços de fora, um chapéu enorme em palha natural protege o rosto branco de rica. Deve pensar que sou par de Jeremias, que cirzo suas calças, passo suas camisas, uma noiva. Talvez seja isso mesmo que ele queira me trazendo aqui, com sua cara de bobo, esse Jeremias, confiança dos outros em rapaz comprometido para ficar vendo de mais perto a beleza da moça, segui-la nos pastos enquanto ela fotografa borboletas, se banha no riacho, o tecido grudado, transparente, já até imagino. Ele me leva até a mulher, conta do exame da minha mãe, põe o problema.

— Veja bem, mocinha, eu também estou achando melhor você esperar o pastor chegar, precisa se acalmar. Conheço o prefeito, um homem muito prestativo, mas se o médico não deu urgência, não vamos nos adiantar.

Ela repara nos meus pés encardidos, a gola apertada, passa direto pelo meu rosto e olha para Jeremias.

— Dá um copo d'água para a moça.

Jeremias não parece constrangido, balança a cabeça servil em sinal de aprovação, me trouxe para ouvir o que não teve coragem de dizer. Me deixa no alpendre sozinha, sobre a perfeição do ladrilho vermelho encerado. Deve estar na cara que minha boca está seca, tanto que só sai um obrigada, nem sei se ela ouviu, obrigada por tolerar meus pés tocando seu piso, deixando marcas de sujeira na cera.

Um copo d'água. Aproveito a temperatura de geladeira, a ponta da língua na superfície lisa do vidro. Como não me lembrava mais? A moça chega na porta principal da casa, ela atravessa para a escada, se despede com um sorriso difuso que não sei se é para mim ou para Jeremias. Fica entre meus lábios e meus dentes um pouco dessa água dela, os sentidos úmidos, demoro a engolir de propósito.

— Na próxima semana você traz os bordados.

Ele tenta me consolar.

Nunca mais volto aqui.

9. os panos de prato

Marina me acorda, pergunta por que minha mãe dorme tanto, não sei o que responder. Meu pai veio ontem, depois que ficamos três dias sem aparecer na lavoura. Ela está sentada na cama, me pede para arrumar melhor seus cabelos quando ele aponta na porta, como se fosse do feitio dele reparar em alguma coisa nela. Eu de pé ao lado, ele me dá um beijo na cabeça, Deus te abençoe, minha filha. Posso ver o rosto dela esperando, o queixo levantado um pouco, oferecido, quebradiço, mas ele não se inclina. Ela diz que sente só um cansaço e que tem fé, uma fé do tamanho da dele.

Dona Carolina me mandou ficar no dormitório para acudir se precisar, mas não aguento. É a segunda vez que desço para os lados da grota para tentar encontrar o carrinho de Marina. Sei que a lâmina afiada não se dá com pés descobertos, que não deveria ter pegado a foice escondido para uma tarefa desnecessária, mas estou exausta do dormitório. Preciso andar, arrumar um propósito, colocar empenho, fazer correr o dia. Quem sabe o tempo se mexe empurrado pela minha vontade? Ande para a frente, traga o pastor, condução para Montes Claros, o remédio certo para minha mãe.

Não tenho prática nisso, é perigoso, se o caule ceder no momento errado, a força for empregada com exagero. Descubro aos poucos um tanto de terra seca debaixo dos galhos retorcidos. A tarefa me consome muito antes do que eu esperava, nada do carrinho amarelo, vejo só as estacas que marcam sementes ou distâncias, dispostas sem rigor, apodrecidas. O vento quente traz um cheiro azedo de capim em decomposição, me ocorre uma ideia tola. Essas estacas. Por que essas estacas nesse escondido? Meio metro de tábua pintada de branco, umas mais descascadas, outras menos. Onde estão os germinados das sementes? Que distância se mede nesse fincado apertado e aleatório? Conto por alto, mais de dez. Estou cismada com ideia de morte. Tento lembrar se alguém saiu daqui para um hospital e voltou. Alguém conhece o cemitério da cidade? O sol do meio-dia cozinha o ar rente ao chão, o vapor distorce o que vejo. Existem caixas aqui embaixo? De tamanhos diferentes, meninas, mulheres, ou lona plástica preta, da mesma que cobre a silagem? Ossos, cabelos, roupas. Esse pastor não vai autorizar exame, vão jogar minha mãe aqui depois que acabar, sem registro, sem atestado de óbito. Estou me esgarçando, saindo de mim, me vejo subir o pasto de volta, puxando a ferramenta, nesse instante ainda estou aqui, parada. Não se deixe impressionar, não se deixe impressionar.

Encontro dona Carolina saindo do dormitório, foi prestar sua assistência, traz na mão uma caneca de plástico já vazia, onde pôs erva cidreira, maracujá, camomila, e na certa algum entorpecente misturado, tudo inútil. Ela quer saber onde eu estava, por que minha mãe estava sozinha, não devemos negligenciar nossos doentes. O tom ríspido enfrenta a maldade que vê em mim, desconfia que minha sombra se amplia sobre minha mãe.

Me deito na cama a seu lado, nada em seu rosto revela o desorganizado de dentro, posso até fingir que está tudo bem, então finjo. Fecho os olhos, o sorriso da moça, não era para Jeremias, era para mim. Fico nele, o máximo que posso.

Acordo com o coração acelerado, sem ritmo, nos arrancos, tento, mas não me lembro de sonho algum. Olho em volta, as sombras no mesmo lugar, as cabeceiras das camas enfileiradas, montes deitados imóveis, uma parte da trama do telhado, minha mãe. Algumas noites são mais silenciosas que outras, alguns segundos em que não se escuta nada, tudo parado, todos os bichos calados, essa parte do mundo que não tem explicação e que me mata de medo. Não é nada, nenhuma força te acordou, Cristina, respira, vai passar.

Minha mãe solta um gemido de dor, a sombra dela revira, a cama range. Odeio meus pressentimentos.

— Vou vomitar.

Corro e pego o balde na entrada do banheiro, seguro perto dela, ela tateia, resolve ali, deitada mesmo. Limpa a boca na manga da camisola, deita de novo. Ninguém mais acorda. Fico com esse balde na mão, é uma boa providência deixá-lo por perto, uma toalha também. Providências. Lavo o balde, pego a toalha, minha mãe ressona do meu lado.

Sonho com as mulheres capinando a grota entre as estacas, enquanto assisto calada.

As outras deixam o dormitório, me arrasto, parece que as manchas não aumentaram de ontem para hoje, talvez isso indique alguma coisa. Ou será que sinais podem ficar na mesma sem que haja melhora, com a doença tomando conta?

Minha mãe diz que se sente bem e quer chegar até o bordado. Efigênia conclui uma colcha bem trabalhada, com bainha de crochê. Sento ao seu lado. Agradaria minha mãe se eu fizesse um trabalho caprichado, teria algum orgulho de mim. Ela conversa com as outras, conta de suas indisposições, ela não tem medo, dá para ver, não cogita gravidade, ou talvez prefira morrer, não sei. Na luz do dia está ainda mais amarela. Sou capaz de me empenhar nisso, mesmo sem vontade, de cortar com precisão o tecido vagabundo, compor uma obra de arte para secar vasilhas das velhas da cidade. Pego um saco alvejado para mim e outro para minha mãe, escolho verde e marrom, ela escolhe lilás e rosa.

Nem a bainha termina, nunca mais, a luz está da mesma forma, a sombra da cadeira não andou um palmo e já sinto os ombros arderem. Vejo Jeremias rodeando a árvore, carrega um balaio para os lados do piquete. Lembro das estacas, minha mãe conversa baixo, move a agulha devagar, não suspeita de nada. Posso tentar um dinheiro para o ônibus, ao menos, e tem a moça, as borboletas, escapar por hoje dessas malditas agulhas. Levanto, vou até ele.

— Vai na Fazenda Modelo hoje?

— Já estou saindo.

— Vou catar uns bordados aqui, vou com você.

Efigênia termina a colcha no mesmo momento, as outras me dão o que está pronto, dona Carolina autoriza. Visto minha camisa de seda, dou um beijo em minha mãe.

A moça anda entre as árvores do pomar, Jeremias estaciona perto, quer avisar a dona que trago os bordados antes de começar a mexer com os cavalos. Fico ao lado da kombi, penso no botão marrom, maior que os outros, que minha mãe pregou sem importar se acabava de vez com a minha melhor roupa, se deixava escancarada nossa pobreza. Deveria ter tentado encontrar um botão claro para colocar no lugar ou cortado essas mangas compridas, alguma coisa para parecer menos ridícula.

Acho que Jeremias não viu a moça, do contrário eu saberia, transparente como é mostraria suas câimbras, seu corpo perder força comprimido pela presença enorme dela. Ela deixa as goiabeiras e vem em minha direção, reconheço alguma coisa, um modo, ela presta atenção nos próprios pés descalços, não procura o mato bem roçado, o trajeto mais seguro, só anda. Deve ter a minha idade, mas tem a pele de cidade grande, branca e crua, uma magreza flácida, como se tivesse nascido para ser protegida do sol. Ela chega bem perto, vai falar comigo.

— Não é estranha essa fumaça a essa hora?

A moça aponta o descampado longe e eu não vejo nada. Ela sorri, aberta, suave, quase esqueço da roupa que visto.

— Pode pegar uma goiaba se quiser. Desculpe, meu nome é Júlia. Te vi na pista outro dia. Detesto aquilo.

— Eu também não gosto, só peguei uma carona com o Jeremias.

— Você mora na seita, não é?

— É uma fazenda da Igreja Cristo a Palavra que Salva, não é bem uma seita.

— Sempre tive curiosidade de ir lá.

— Eu vim trazer uns bordados pra sua mãe ver. Vocês moram aqui?

— Em Belo Horizonte, estamos de férias. Quer me mostrar seus bordados? Minha mãe pode demorar.

Pego a sacola pesada no banco de trás da kombi, vamos pelo caminho calçado entre os canteiros de gerânios. Subimos as escadas do alpendre e chegamos na varanda. Sinto o plástico da sacola machucando minhas juntas moles e o suor que começa a se acumular debaixo do meu braço. Como ficarei desagradável se ele ultrapassar a seda e surgirem duas grandes manchas.

Ela senta em um banco acolchoado se colocando de frente para o lado vazio onde espera que eu apoie os panos. Mantenho os braços colados no corpo e tiro o primeiro pano de prato, devagar para controlar o suor.

— Esqueci de perguntar seu nome.

— É Cristina.

Apoio o paninho dobrado, e fica à mostra um boneco de neve em retalhos aplicados, legendado em linhas vermelhas Feliz Natal, um desenho horroroso.

— Foi você quem fez?

Ela tenta mostrar admiração.

— Não, foi uma amiga.

Poderia ter sido eu, já fiz outro exatamente igual, mas esse não fui eu. Um alívio não precisar mentir, nem explicar que não escolho o que faço, só copio o que mandam, nunca concordaria com o mau gosto de um boneco de neve no calor do Brasil.

— Tem algum que você fez?

Puxo um pano qualquer e mostro para ela, sai um cachorrinho infantil com a língua para fora.

— Muito fofinho, quanto é?

Pronto, me acha uma imbecil, o que realmente devo ser. Eu poderia poupá-la disso e vender o saco fechado, melhor para nós duas. O que essa moça pode querer mais comigo?

— É cinco reais.

— Vou ficar com ele.

Será que a caridade dela vai parar aí, cinco reais? Espero. Ela passa o dedo sobre o pesponto, contorna o desenho no tato, alisa a língua laranja, o corpo e as patas em poá azul. Reparo em sua nuca uma borboleta amarela, uma tatuagem tímida, quase escondida na raiz do cabelo. Deve ser verdade então que coleciona esses insetos e talvez se envergonhe de preferir sua beleza óbvia, para deixá-la sujeita a um dia ser coberta para sempre. Não é uma tatuagem qualquer, dá para ver que é coisa cara, as asas fazem sombra, batem ao menor movimento. Eu adivinho a textura da figura em relevo. Pedir para tocar. Cogito por uma pontinha de segundo, e depois desisto.

— Quanto tempo demorou pra bordar isso?

— Uns três dias.

— Quanto fica a sacola toda?

— Não sei, teria que contar. Tem uma colcha aqui no meio, o preço é outro, quer ver?

— Não precisa, vou ficar com a sacola toda.

— A senhora que manda.

— Não precisa me chamar de senhora.

Começo a tirar um a um os panos da sacola, não consigo esconder minha animação. Contamos em conjunto, uma dupla, o mesmo objetivo, acabar logo com aquilo de maneira honesta. Pouco importa o que carrego aqui, vai ter que comprar de qualquer jeito, para conseguir dormir à noite, no seu travesseiro de pluma de ganso, enquanto eu transpiro em um colchão fino de espuma da pior qualidade.

A empregada traz uma bandeja, coloca na mesa lateral, limonada gelada, pães de queijo, seus preferidos, Julinha. Júlia tira da pilha já contada um punhado de panos de prato e entrega para a empregada, isso é para você, para sua casa.

Cinquenta e três, cinquenta e quatro, continuamos. Me custa concentrar na sequência, falo meio compasso atrás de Júlia, enquanto isso multiplico, retiro um percentual, já vou imaginando o que seria justo pegar só para mim, para ao menos uma passagem de ônibus deve dar.

A mãe de Júlia chega no alpendre e chama por ela. Júlia levanta. Fico parada, a mão na sacola, segurando na cabeça o último número para não perder a conta.

— O que você pensa que está fazendo?

A mãe interpela a filha sem se importar se me constrange.

— Comprando bordados. O que tem de mais?

— Nada que você faz tem alguma coisa de mais, não é? O que você vai fazer com essa quantidade de panos de prato? Se trabalhasse saberia que dinheiro não é capim.

A dona intima Júlia a acompanhá-la, vira de costas para esconder o que fala, enquanto Júlia escuta parada. Vejo o braço direito da mãe se mover, na certa aponta o dedo para ela. Júlia olha para o chão, depois para mim e fica, me dá um sorriso mínimo, só eu consigo ver.

Será que posso pedir para ver sua coleção de borboletas? A estante do meu quarto, as aranhas afundadas em álcool, o catálogo de aracnídeos, uma prateleira nova colocada na parede em cima da cama, incompleta, potes vazios arrecadados na vizinhança, tudo muito longe. Os aracnídeos representam o segundo maior grupo do reino animal, sendo superado em número de espécies apenas pelos insetos. Assim começava minha explicação, tenho ainda bem decorado, posso dizer para ela, arrancar as folhas desenhadas da bíblia, mostrar que sei do que estou falando.

O sermão acaba, a mãe entra na casa e Júlia volta para o sofá.

— Onde estávamos?

— Sessenta e cinco.

— Você não repare, minha mãe é assim mesmo, miserável.

Acabamos de contar, ela me pede um minuto e sai carregando a sacola. Vai voltar com o dinheiro, lógico. Fico olhando o escuro depois da porta da casa. E então? Vou embora para nunca mais? E a coleção de borboletas, minhas aranhas, e tudo que eu não disse? E essa tatuagem amarela em sua nuca?

Escuto um barulho de vento em barco a vela, vem de trás. Não é hora disso, agora não. Preciso pensar no que dizer. Quer ser minha amiga? Posso provar que sirvo para você, que não tenho nada a ver com essa roupa. O vento, a vela. Me viro para procurar de onde vem esse mar insistente. No pátio de cimento em frente à casa, abaixo do alpendre, percorro um campo de fios, varais erguidos por bambus. Me debruço no parapeito e, bem próximo à escada, vejo lençóis. Apenas lençóis. A empregada estende a roupa molhada, os pregadores seguros nos lábios, completa a primeira corda, todos brancos, no chão uma bacia cheia deles.

Eu devia agradecer a Deus por ter vendido tudo, garantido algum dinheiro, vim aqui para isso. Uma eterna insatisfeita, minha mãe tem razão, mas não tenho culpa. Ou tenho? O peso dos lençóis enverga o bambu, a goma, cheiro de sabão em pó. Sinto uma presença, Júlia ao meu lado, ela se inclina sobre o parapeito, procura o que eu olho.

— Vou me casar.

Ela continua a olhar os lençóis, a voz é rasa, curta, não é o tom que se usa para dar uma notícia boa. O que eu digo? Não sei se pergunto com quem, quando. Ou devo perguntar por quê? De novo não falo nada.

— São meus lençóis. Minha mãe trouxe para lavar e engomar, aproveitar o sol da fazenda. Está aqui seu dinheiro, muito obrigada.

Ela volta a olhar os lençóis. Devo me afastar nesse ponto, agradecer, esperar Jeremias na kombi, mas fico. Tento descobrir o que ela vê, o vento quente retirando a água acumulada, levando o peso, fazendo do tecido seu corpo, escultura. Vê graça ou desgosto? Já vi lençóis grandes assim, para camas imensas. Efigênia pegou encomenda de uma moça rica de Morro Branco, barrado todo em ponto paris, as iniciais em ponto cheio.

— Você vai bordar onde, seus lençóis?

— Acho que minha mãe não está pensando em bordar.

— Mas devia, fica muito rico. Tem bordadeira na fazenda que pega esse trabalho, coisa fina mesmo, o ponto que você quiser. Posso levar para a senhora.

— Não sei.

— Desculpe falar, dona Júlia, mas o pessoal tá precisando, a senhora ia ajudar.

— Já pedi para parar com essa história de senhora, pelo amor de Deus.

— É força do hábito. Posso trazer uma amostra dos pontos que elas fazem pra você escolher.

— Então tá, traz sim, vou ver com minha mãe. Já comeu um pão de queijo?

Do vão aberto, o contorno da Serra do Espinhaço, distante, embaçada. Júlia se acomoda no banco e me convida. Mastigo devagar, um gato amarelo se enrosca nas minhas pernas, a carícia me arrepia os pelos. Não vou falar da coleção de borboletas, não quero causar nenhum incômodo. A repreensão da mãe ainda está sobre nossas cabeças, deve ser isso que cala Júlia, eu estaria calada se fosse ela. O gato pula em seu colo, esfrega a cara em seus peitos, com força, ela o acolhe colocando a ponta do dedo no focinho, e eu sinto a umidade dele chegar dentro de mim.

10. os rifles

Jeremias percebe meu movimento, descola a vista da estrada e me espia, separo três notas do maço, abro um pouco a camisa e guardo dentro do sutiã. Um real por cada pano, é o lucro do meu trabalho, não tenho culpa se as outras não sabem colocar preço na mercadoria. Ele me encara duas vezes, se disser alguma coisa pergunto se foi ele que deu fim nos três cavalos velhos que sumiram da fazenda. Ele me mostra o canino faltando, acha que agora é meu cúmplice, como se essa bobagem fosse a nossa aventura, o máximo de ilegalidade que sou capaz de cometer. Olho para a frente ao invés de retribuir o sorriso, estou sem paciência para ele. Amarro os cabelos para cima dando um nó na trança comprida, libero o pescoço, aciono o quebra-vento, agora ele me olha espantado.

Uma semana é muita coisa, tudo vai escoar devagar para dentro de mim até eu voltar aqui, o ar do alpendre, os pelos do gato, o focinho, em um prolongado, por quase sete dias inteiros. Jeremias diz que dona Altiva não ficou satisfeita, estou me lixando, ele deve estar é com ciúme porque nunca sentou em acolchoado da fazenda, porque lá só bebe da água que sai da torneira, a mesma dos cavalos que amansa.

A volta é mais rápida que a ida, ainda bem, essa conversa está me aborrecendo, quero deitar em silêncio, ouvir de novo os lençóis. A kombi se aproxima da porteira da fazenda, vejo uma movimentação incomum, não identifico bem, algo obstrui a entrada. Jeremias embica a kombi e para. Uma caminhonete está atravessada no caminho, quatro homens armados estão de pé no entorno do veículo, rifles de caça, espingardas, alguma coisa assim. Conversam em meio a cigarros e o embaçado da poeira levantada pela kombi. Armas me apavoram, a morte ao alcance do dedo, isso não tem como dar certo. Um deles vem caminhando em nossa direção. Penso no dinheiro no meu sutiã. Ele ajeita com uma das mãos um chapéu de palha bem-acabado enquanto com outra firma a alça do rifle no ombro, usa uma camisa de malha vermelho-vivo, pouco lavada. Não são daqui, com certeza.

O homem enfia sua cara de barba bem-feita na janela da kombi.

— O moço está indo pra onde?
— Moro aqui, ela também.
— Seu nome?
— Jeremias.

Ele tira um rádio da presilha na calça e em seguida autoriza, movem a caminhonete e dão passagem.

— Você deu sorte, Cristina, o pastor chegou.
— O quê?

— São os seguranças do pastor, as pessoas não estão temendo mais nada, nem um religioso.

— Mas, e essas armas?

— Queria que usassem canivete? Os descrentes não aceitam o trabalho dele, o pastor está sendo perseguido, não pode dar oportunidade para os que seguem o demônio.

— Quem vai vir nesse fim de mundo atrás de pastor?

— Ele sabe o que está fazendo.

É lógico que sabe o que está fazendo, e se fosse boa coisa não precisava dessa parafernália toda. Pouco importa. Não precisar gastar meu dinheiro com passagem, está ótimo. Minha mãe vai sarar disso que tem, vou encontrar Ritinha em Montes Claros, vai dar certo. Dizem que devemos mentalizar o que queremos, quero trabalhar na churrascaria da igreja, no ar-condicionado, juntar dinheiro, voltar para minha cidade.

Pergunto a hora para Jeremias antes de descer, ele checa seu relógio prateado com um ar orgulhoso, ele é mesmo irritante. Guardo as notas na mesma sacola plástica em que estavam os panos de prato, vendi todos. A essa hora as outras devem estar se arrumando para o culto, quero ver a cara de dona Carolina quando receber a notícia de que consegui vender todos os bordados de uma vez, o que ninguém nunca fez. Confiro o lucro passando a mão sobre a blusa, Jeremias diz que me leva em Montes Claros, é só o pastor autorizar. Grande coragem ele tem.

Entro na sombra abafada. As outras já saem prontas, apressadas, passam por mim sem olhar, ninguém deu falta dos panos de prato e a sacola dobrada com o dinheiro fica na minha mão, sem serventia.

— Por que demorou tanto? – minha mãe pergunta.

— Não demorei não, demorei?

Ela vira o rosto devagar para me acompanhar enquanto sento na cama ao seu lado, o rosto, destacado dos ombros. Não sei se tenta poupar o resto do corpo do esforço ou se essa imobilidade é mais um sinal e não tem mais volta. Está pior do que quando a deixei no bordado, deve ter vomitado de novo.

— Minha filha, o pastor chegou.

Filha de novo. É seu sinal de exigência, o que não consegue mais mostrar com o tom da voz, já estabelecida lenta, nadando em calmantes.

— Você está passando mal? Vomitou?

— Conta pro seu pai dos exames, pede pra ele ver com o pastor. Efigênia está preocupada, me trouxe um espelhinho. Estou mais amarela, não estou?

— Está. Me perdoa eu ter demorado, mãe.

Queria contar dos panos de prato, de Júlia, dos bordados que vai encomendar, mas minha mãe não pergunta. A sacola plástica na mão, não sei onde enfio tudo isso. Guardo minha parte em um papel de sabonete, no bolso do vestido azul, e ponho a sacola plástica com o dinheiro maior bem no fundo da prateleira, antes de tomar o banho para o culto. Você precisa estar apresentável, Cristina. Minha mãe não permitiu que eu fosse para a igreja suja do dia, com a trança mal alinhada. Mas a água não tira a Fazenda Modelo de mim, o pensamento em Júlia, que parece que deitou na soleira da minha cabeça, e me observa. Meu pai já deve estar na igreja, um lugar vazio ao lado, guardado para mim. Me arrumo correndo. Queria mesmo era ficar em silêncio, ouvir de novo os lençóis.

— Seus atrasos passaram do limite, não posso permitir que você entre, o pastor já está lá na frente.

Dona Carolina fala da porta da igreja meio aberta, de vidro leitoso e branco, que desliza em seguida, me deixando do lado de fora. Daqui consigo sentir a aflição do meu pai, logo hoje não estou para ajudá-lo com a bíblia, ainda deve estar esperando, pensando ela deve estar chegando. Através do fosco ainda o procuro, impossível. Vejo uma massa grande ocupando todo o palco, aos poucos se decompõe, vão escorrendo para as cadeiras, até ficar um só, ao centro, sem rosto. Encosto o nariz no vidro para tentar ver melhor, mas só o som chega em mim, nítido, como se eu estivesse lá dentro. Boa noite, irmãos! O pastor inaugura a reunião, diz que existe uma urgência tremenda, o mal se aproxima de nós, está lendo os sinais, essa seca persistente, a produção decaída, os corpos que padecem indicam que estamos sendo acuados, que o Inominável nos circunda, já move as cercas, enche de névoa o caminho, vamos ser colocados em provação, estou aqui para ampará-los com a palavra, a verdade única.

A voz imensa atravessa as paredes e toma a várzea seca, pode ser ouvida da estrada, das ruínas das casas de colono, do dormitório onde minha mãe espera. Um sopro em minhas costas, me viro. Só a luz da igreja, que atravessa a porta e faz minha sombra esticar sobre o terreno duro, quase esbarrando no arame da horta grande. Em volta, a noite, as lâmpadas caídas e as portas sob elas. Não se deixe impressionar. Faço o sinal da cruz, acelero meu passo de volta para o dormitório. Seus cabelos parecem rarear e escurecer, afago os fios engordurados enquanto espero o anúncio do fim de mundo terminar. Ela aceita o carinho sem mostrar desconforto, acho que está com medo. Os remédios cuidam dos ruídos, das vozes baixas, sua fisionomia é uma só, não capta com a mesma clareza que eu, que me concentro no que o pastor diz. Ela não escuta que ele tenta apavorar os outros, fala que é momento de renúncia absoluta ao mundo dos homens, que precisamos entregar mais e poderemos ser salvos. Agradeço por não estar lá dentro, teria que olhar para a cara dele, que vez ou outra se fixaria na minha cara assustada, procurando um terreno preparado para jogar seus gritos e sua maldade. Aqui estou protegida, se quisesse poderia até tampar os ouvidos, fechar os olhos. Só um pouco. Da soleira, a Fazenda Modelo, o pensamento em Júlia, me observa. Alguma coisa vibra presa dentro de mim. Tenho vontade de me aproximar, colocar meu rosto em seu pescoço, eu descansaria, mas aceito o que tenho, a companhia que me faz de longe.

O relógio do dormitório, o culto está chegando ao fim. Procuro meu pai na saída, Efigênia me conta que ele saiu com o pastor, foi pela porta atrás do palco, junto com os homens, os que fazem mais que lavrar a terra, Antônio, Jeremias e meia dúzia de obreiros. Talvez não tenha sentido tanto a minha falta.

O pastor não fica no dormitório, ocupa uma casa reformada sem critério e sem gosto, no lugar da antiga sede. Já fui ajudar na limpeza, é para lá que devem ter ido.

Sigo sem antes decidir o que vou fazer, minha mãe pediu que eu conte dos exames para o meu pai, não sei de quem tenho mais pena. Exigir que ele tome providência a essa hora da noite, como se ele fosse um marido comum, um pai comum, como se estivéssemos na nossa casa.

Vejo o grupo dos homens subindo o morro da avenida falsa no rumo da casa reformada, dois homens com rifles seguem alguns passos atrás.

11. a paca

Subo no escuro. O que diria para minha mãe se voltasse para o dormitório? Penso que agora seria uma boa hora para ter fé. Que por obra de Deus o pastor e meu pai me esperassem na porta da casa para resolver o meu problema e os outros fossem desintegrados, mas nem perco tempo rezando. O homem de camisa vermelha e mais um, também com um rifle pendurado no ombro, estão sentados na mureta da varanda que circula toda a casa, os outros entram, fico distante, sem que me vejam. Ainda posso desistir, ser paciente, obediente.

Por um momento ainda não preciso resolver, não há nada a ser feito, minhas pernas latejam e tenho vontade de deitar no chão batido, bem onde estou. A Fazenda Modelo acorda, me olha de uma quina morna aqui dentro, minha garganta fecha um pouco, queria acalmá-la, mas preciso fingir que não vejo. Continuo de pé, na sombra densa de uma mangueira, em frente da casa reformada, ainda posso desistir.

Escuto gargalhadas dos homens com rifles, devo gritar antes de chegar mais perto, ô de casa, ô moço, alguma coisa assim. E depois, vou dizer o quê? Que sou filha do Sebastião. Que Sebastião? Quem é Sebastião, menina? Um ex-motorista de táxi, covarde e submisso, que entregou tudo para essa igreja de merda, que ignora que há duas semanas sua mulher mal consegue se levantar da cama.

Um cachorro vira-lata me acha, vem em minha direção abanando o rabo e entrega minha presença.

— Quem está aí?

O homem de camisa vermelha grita, não parece mais que está alegre.

— É Cristina, eu moro aqui.

— Está fazendo o que no escuro? Aparece, porra!

Dou uns passos para a luz me atingir e falo de longe.

— Sou filha do Sebastião, ele está aí, chama pra mim por favor.

— Você é maluca, menina, de ficar acoitada assim? Não tomou um tiro porque Deus não quis. Espera aí, vou chamar seu pai.

Meu pai não vai gostar nem um pouco disso, a filha dele importunando o pastor. Sinto cheiro de comida, não como o cheiro do refeitório, é cheiro de óleo fritando alho e cebola, como na minha casa. Os olhos amarelos da minha mãe. Meu pai que se dane.

— É pra você entrar.

— Mas quero só dar uma palavrinha com o meu pai.

— Falaram pra você entrar.

— Então deixa, depois converso com ele.

Antônio aparece na varanda lateral, pisando firme com seu corpo de estátua. Vem dos fundos da casa e para, abaixa, parece que pega alguma coisa no chão, em seguida caminha até o vão de entrada.

— Oi, irmã Cristina, chegou em uma boa hora. Entra, seu pai está aqui dentro.

— Não precisa, irmão Antônio.

— Não precisa, não precisa.

Ele remeda meu acanhamento e me dá um sorriso maldoso. Tem na mão um passarinho morto, pendurado pelas pernas. Balança o bichinho em círculos, como se brincasse com uma corrente, distraído. Sinto o vermelho subir pelo meu pescoço, sem controle. As pernas do passarinho vão arrebentar, as pernas do passarinho vão arrebentar.

— As pernas do passarinho vão arrebentar.

— Ah, é mesmo.

Ele joga o corpinho no escuro.

— Vem, irmã Cristina, a irmã Joana está enrolada aqui, precisando de ajuda.

Meu rosto arde, entro na varanda, Antônio me recebe pondo a mão de passarinho morto na minha cintura e me conduz pelo corredor lateral. Ele regula com a ponta dos dedos meus passos, impede que me afaste, não tenho como escapar.

Chegamos em um varandão amplo, na mesa central o pastor está de frente para mim, os outros rodeiam, vejo as costas de meu pai, que fala, eu não escuto, todos olham para ele. Não tenho como esconder o rosto vermelho, seguro uma mão na outra, em frente ao corpo. Joana está depois da mesa, ao lado do fogão de lenha, é para onde tenho que ir.

Passar despercebida, é a única coisa que quero, permanecer invisível sem aborrecer ninguém.

Abaixo a cabeça e fixo os olhos nos meus pés, vou atrás de Antônio, que para ao lado da mesa. Sigo adiante, sem olhar.

— Boa noite, irmã.

É a voz do pastor. Paro. Ele parece mais jovem do que da última vez que esteve aqui, um homem enorme, branco, com uma barba cuidadosamente aparada. Ele repara em mim, aqui estão meus pés ressecados, minhas mãos geladas, o rosto ardendo, mas sei, pela cara que faz, que o que vê é meu corpo bem-formado de moça. Ele sorri, arreganha seus dentes alinhados, levanta o punho da mesa e balança o seu relógio de ouro. Talvez eu não vá ser condenada por ser mais bonita que as outras. Solto as mãos, puxo a trança para frente do peito, me arrumo sem querer.

— Boa noite, senhor pastor.

Os outros olham, mas não me cumprimentam, voltam para eles mesmos, sérios. Vou em direção a Joana. Jeremias também está logo ali, na outra ponta da varanda, de pé, atrás de uma mesa azulejada e de frente para uma paca morta.

— Que bom que chegou. O vizinho matou essa paca para o pastor, inventaram de assar isso hoje. Me ajuda?

Joana me fala baixo para não atrapalhar a conversa que acontece na mesa central. Aponta com seu dedinho pequeno, como toda ela, o chão já empoçando do sangue que escorre da mesa branca. Jeremias reclama da mira ruim do caçador, do chumbo estragando o lombo gordo, me cumprimenta alegre, com a mesma camisa do dia, agora toda respingada de vermelho.

Paro um segundo bem perto do bicho, está com a boca entreaberta, já ganhou o primeiro talho de fora a fora na barriga. Me abisma como são idênticos os olhos dos mortos.

— Está com pena? Paca é igual porco que teve sorte de viver no mato. Não gora, menina, que faz espalhar o fel. Vá servir o pastor primeiro, toma.

Joana me estende um prato com linguiça frita. Coloco o prato no centro da mesa e começo a recolher os restolhos, guardanapos, palitos usados, sem olhar para ninguém, bem devagar, para ouvir a conversa. O pastor explica riscando com o dedo a tábua da madeira de lei.

— A conta é muito simples, irmãos, se a fazenda gastar mais dinheiro do que conseguimos produzir vai ficar insustentável. Vejam bem, só conseguiremos acolher os irmãos da cidade, que estão sofrendo todas as tormentas, se nossa lavoura der lucro. É o que falo com todos, expliquei pro irmão Sebastião e vou explicar pra vocês. Não é, irmão Sebastião?

— Sim senhor, pastor.

— E o que eu disse pra você, irmão Sebastião, quando você me procurou lá em Juiz de Fora?

— Que o trabalho iria ser duro, mas recompensador.

— Eu escondi que o trabalho ia ser duro?

— Não senhor.

— Ele estava me contando hoje mais cedo que a lavoura de maracujá está minguada, o que eu disse pra ele? Que o diabo não se cansa, então não podemos nos cansar também. Se acorda às seis pra cuidar da lavoura, passe a acordar às cinco, se não der certo, passe a acordar às quatro, e saiba, cada gota de suor, tudo que conseguir doar para a Igreja, retornará pra você em dobro, no Reino dos Céus. Irmão Sebastião, dê seu testemunho pro irmão Everaldo, que está chegando agora entre nós, desde que você chegou aqui na fazenda Deus te faltou?

— Não senhor, pastor.

— Irmão Sebastião é exemplo de homem que recebeu a graça de Deus, foi destinatário de um milagre que trouxe à vida quem, pela mão dele, pecador, estava perecendo. Não é verdade, irmão Sebastião, que um milagre salvou da morte o menino que você atropelou?

— É, pastor.

— Que o Todo Poderoso demonstrou sua força para lançar luz sobre o caminho que você deveria seguir?

— Foi.

— Bastou sua renúncia à vaidade de servir ao faraó em busca do ouro que nada vale para a paz surgir em sua vida. Diga, desde que o irmão chegou aqui, sofreu com a cobiça, a luxúria, as drogas, que estavam destruindo sua família?

Meu pai desvia os olhos em minha direção, bem discretamente, para que os outros não percebam. Quer saber se ouvi e dá de cara comigo de pé na cabeceira da mesa. Não tenho tempo de esconder, de poupá-lo da minha descoberta. Você contou para esse maldito pastor umas bobagens que eu fiz, e isso virou luxúria, drogas, pecados destruidores?

— Me diga, irmão Sebastião, depois que veio pra cá, continuou a sofrer?

O pastor insiste. Saio de perto antes que meu pai responda, abandono na ponta da mesa o pano que usava para limpá-la.

Queria explicar para o pastor o que é pecado, mostrar que eles não têm o mínimo senso de ridículo. Jeremias enfia a mão na barriga aberta da paca e puxa as vísceras mortas. Os intestinos ainda ficam agarrados, ele puxa com força. Me ofereço, experimentar o que seria um pecado verdadeiro pelo qual pagaria de bom grado. Seguro a carne mole, escorregadia, coração, rim, fígado, do tamanho dos órgãos dos que estão sentados em volta daquela mesa. Não sinto nojo, não sinto medo. Atendo Joana, que já espera com a panela quente sobre o fogão de lenha, despejo os miúdos e o cheiro é tão bom que isso parece correto, perfeitamente justo.

Levo a travessa, o pastor fala com a boca cheia de vísceras malcozidas.

— Essa menina que é a sua filha, não é, irmão Sebastião? Boa de fogão. Vou levar ela comigo.

Ele sorri de novo para mim enquanto lambe as pontas dos dedos.

— Bem, o que eu estava falando?

— Do irmão Sebastião — Antônio responde.

— Pois é, irmão Sebastião. Fui visitar o irmão Sebastião depois do acidente, oramos pela vida do menino que estava no hospital e para que o Salvador libertasse sua filha, e ele intercedeu. Me aborrece um pouco ver um irmão como o senhor, que tudo alcançou, que foi escolhido para receber a mais alta graça, esmorecer diante de uma plantação mal irrigada.

— Me perdoa, senhor pastor.

— É a Deus que deve pedir perdão. E não esmorecer, nunca.

— O senhor está certo, pastor.

Meu pai olha para baixo, cutuca uma ferida na palma da mão, um corte profundo quase cicatrizado. O pastor agora explica que o preço do algodão caiu no mercado, que as aplicações financeiras da Igreja vão mal, que é necessário adquirir outras fazendas.

Deslizo o rodo na poça de sangue, empurro para fora da varanda. Se eu tivesse chegado em casa na hora marcada o que meu pai teria a ver com o preço do algodão, com a terra ressecada onde nada vinga? Jeremias pendura a paca em um gancho preso no teto, o sangue escorre mais, as gretas do piso ficam impregnadas de vermelho, um rastro nas bordas do rodo. Se eu tivesse chegado, o que eu teria a ver com aquele menino, esse sangue espalhado? Uma náusea forte chega sem aviso, me enfraquece. Pego uma caçamba de lata para aparar o que escoa da boca aberta do bicho.

— Precisamos do empenho de todos os irmãos, como desses jovens aqui com disposição para servir. Cada um tem sua angústia, sua tentação humana, sua cruz, seu cansaço, mas estar em Deus nos unifica e fortalece, somos um só corpo e nada mais importa.

Jeremias descola o couro da carne usando uma faca própria, curva, afiada.

— Garanto pro senhor, calculei a vazão direitinho, mas pode ficar descansado, vou remendar o imprevisto, o senhor vai ver.

— Imprevistos fazem parte da nossa provação, a gratidão deve ser nosso guia.

O couro cai inteiro no chão, listas brancas se embaralham. A fornalha está em brasa, descasco o alho a mando de Joana. Minha mãe tem saltado dias de banho, reclama da força da água na pele, recende a um cheiro somado de azedo e alho agarrado nos dedos, e ainda não chegou ao ponto de eu mandar nela. Os pedidos dos exames debaixo do meu travesseiro. Não posso ficar aqui enjoada, como uma fraca.

Interrompo o preparo do tempero e olho meu pai na mesa entre os outros, minha mãe não faz parte da sua salvação, ele não tem culpa da doença dela. O que vou dizer a ela quando voltar para o dormitório? O pastor fala com Antônio, meu pai não é mais o centro da conversa. Deixo a faca pequena em cima da tábua, chamo meu pai baixinho.

— Pai, posso dar uma palavra com o senhor?

— Agora?

Ele vira para me ver, seus braços estão pesados sobre a madeira, não consegue movê-los sem permissão.

— A mocinha tem segredos com o pai?

O pastor para a conversa com Antônio.

— Não sabe que somos uma comunidade, que não temos segredos entre nós? Pode falar para todos.

— Não é nada importante.

— Tenho certeza que é importante.

Eles esperam. Devo inventar uma mentira rápida, uma coisa qualquer, menos inconveniente do que um pedido de viagem para Montes Claros, algo que não faça do meu pai de novo um problema, mas nada me ocorre.

— Fala logo, irmã.

— É a minha mãe.

— O que é que tem a sua mãe?

— Ela está doente.

— Minha esposa anda um pouco indisposta, nada de mais, pastor, não precisa se preocupar. É que minha filha é meio afobada com as coisas.

— Amanhã temos o culto da cura aqui na fazenda, eu mesmo vou estar com vocês, como mensageiro da palavra. Por onde forem, preguem essa mensagem: O Reino dos Céus está próximo. Curem os enfermos, ressuscitem os mortos, purifiquem os leprosos, expulsem os demônios. Vocês receberam de graça, deem também de graça. Mateus, capítulo 10, versículo 7. Não é isso, irmãos? Não fique aflita, vamos cuidar da sua mãe amanhã.

Falo que não é nada disso? Que a situação dela é grave e que uma reza não vai resolver? Uma reza? Vão dizer. Não é uma reza, é Deus, você duvida de Deus, irmã? Não sei. Posso duvidar?

Fico parada ao lado da mesa, sinto meus dedos sujos. Todos vestem camisas passadas, os punhos abotoados. Jeremias deixa a faca cair. A cabeça da paca ainda está presa no corpo sem couro. Seus olhos pretos viram o que ia acontecer? Pôde pedir perdão pelos pecados antes de aceitar seu destino? Duvido. Eu duvido de Deus. Preciso dizer.

— Minha mãe tem que fazer uns exames em Montes Claros, estou com o pedido do médico.

— O pastor Alfredo já falou que temos culto de cura amanhã, você não ouviu, Cristina? — meu pai responde.

Sua voz é dura, nunca falou comigo assim. Todos olham satisfeitos para o meu silêncio, meu pai sente no corpo a aprovação do pastor, solta os punhos da mesa, se levanta, me segura pelo braço e me empurra com firmeza três passos para trás. Fala próximo ao meu ouvido.

— Vá fazer seu serviço, por favor não me envergonhe mais.

Ele me aperta além do que queria, ele vê a mão encontrada no meu osso e solta. Volto para tábua, para as cascas de alho, encosto na lâmina inútil, sinto dor em algum lugar. Um gato faz a cama nas cinzas mornas da fornalha, pego um punhado delas, areio o tacho do toucinho, e Joana suspende as cadeiras enquanto canta uma oração que ainda não consegui decorar.

Meu pai já foi, Jeremias também, desço no escuro, para o amarelo que vai tomando conta do dormitório. Enquanto caminho, procuro a Fazenda Modelo, Júlia, sua espera mansa, mas não acho, parece que fugiu de mim.

12. o botão

Estamos na cama de casal, sentadas de pernas cruzadas sobre o meu cobertor xadrez, Júlia ri, deita sua cabeça na minha perna, estica o corpo, alguma coisa sem nome, sem forma, vai se espalhando por dentro de mim. Ela senta de novo, leva suas mãos muito brancas ao meu pescoço, força o botão do meu colarinho fechado contra a casa apertada, tenta abrir. Toco o braço dela, sinto com a ponta dos dedos a flacidez de seu ombro descoberto, deslizo, meu corpo se prepara. Ela continua a forçar, sua unha me incomoda um pouco, quero avisar, agora está ferindo minha garganta, afunda, ainda mais, está fazendo um buraco, não consigo falar, preciso pedir para parar, a voz não sai, tento de novo, Júlia, para, você está me machucando. Quero falar, não sai. Acho que isso não está acontecendo. Não é possível esse buraco na minha garganta, isso não está acontecendo, acordar, quero acordar, quero acordar.

Minha mãe ainda veste sua camisola puída, ela desabotoa meu colarinho apertado, parece que sorri para mim, mas, contra a luz, não tenho certeza.

— O que houve que não colocou a camisola?
— Onde está todo mundo? Que horas são?

Levanto o tronco bruscamente.

— Está cedo ainda. Dona Carolina falou que o pastor agradou muito de você, te dispensou da lavoura, você vai ficar hoje ajudando a irmã Joana, por conta da casa dele.
— Não deu pra falar com o pai ontem.
— Não está contente, Cristina, de ir pra a casa do pastor?
— Tanto faz.
— Não consigo te entender, recebe uma diferença dessas e tanto faz. Você sabe que é tudo que toda moça quer?

Ela se esforça, fala por cima dos calmantes, a vontade destacando as sílabas, tentando colocar clareza.

— Dona Carolina já está cansada, você é tão inteligente. Não demora ele vai precisar de alguém pra organizar as coisas, olhar as outras mulheres.
— Mãe, não quero aborrecer a senhora, mas não vim pra cá porque quis. Sinto falta de Juiz de Fora, tenho saudade das minhas amigas.
— Das suas amigas ou daquele drogado?
— Ele não era drogado.
— Foi preso à toa então?
— Ficou só um dia preso, não foi preso como a senhora está falando.
— Se você tivesse obedecido, Cristina. Agora nossa vida é aqui! Dá pra você entender?

Ela como antes, uma força súbita. Será aquela melhora que muitas pessoas têm no fim da vida, uma lucidez que se apresenta nas horas finais? Só para me dizer é assim que vai ser, como se ainda pudesse mandar em alguma coisa de dentro desse amarelo.

— Não fica nervosa, pode te fazer mal. A senhora quer tomar um banho, refrescar um pouco? Eu te ajudo.

— Perguntei se entendeu.

— Entendi.

— Se arruma você, pra ir pra a casa do pastor. Dona Carolina colocou duas camisas novas na sua prateleira.

— A senhora vai ficar bem sozinha?

— Isso não é novidade pra mim.

Ela fica parada, me dando tempo para pensar no que deixei de fazer. Ela caminha até o quarto dos fundos no meio da madrugada, aciona o pedal da máquina de costura, enquanto meu pai não chega. Me viro na cama, finjo que não escuto. O apito da fábrica toca, meu pai não chega, finjo que não escuto, todas as manhãs finjo que não escuto. Agora ela acaricia as próprias pernas com as mãos espalmadas, sobre as flores desbotadas que não aguento mais, balança o corpo e olha para o fundo do dormitório vazio, sincronizada em um ritmo frouxo, absorta como uma louca.

— Vou tentar conversar com o pai hoje e resolver esses exames.

Ela volta o rosto para mim.

— Não precisa mais amolar seu pai, a dona Carolina disse que o pastor me quer no culto de cura hoje à noite, preparou uma benção especial pra mim.

— Mãe, a senhora precisa saber o que tem, isso não está bom.

— Vai logo se arrumar. Pega o espelho da irmã Efigênia, está na prateleira do meio.

A fala vai ficando de novo melada, uma palavra agarrada na outra, ela se deita sobre os cabelos brancos emplastrados e tomba a cabeça, fica muda no apagado em que estava.

Com que minha mãe se preocupou? Com minha garganta ou com a minha roupa boa? Ela deve ter pensado que talvez eu ainda possa animar meu pai, ser outra vez sua menina. Minha mãe sente falta da satisfação de ouvir que filha linda você me deu, Elen, enquanto ele alisava meu cabelo preto como o dele, eu sentada no seu colo no sofá da sala. Ela pensou que se eu ganhasse a confiança do pastor, mandasse no dormitório, no refeitório, voltaria a ser o orgulho dele. Não era isso que queria, que eu fosse o orgulho dele? Pode ser que assim esqueça os pecados que cometi, as suas falhas.

Eu chego em casa numa viatura domingo de manhã, as vizinhas nas cadeiras na calçada, essa menina criada solta só podia dar nisso. Minha mãe assina um papel na mão do policial e me coloca para dentro, não me abraça, não me beija, não fala nada. Na mesa encerada da sala de jantar, põe um pedaço de broa e um copo de café com leite, a bíblia ao centro. No rosto dela a prova do que eu fiz, as pálpebras dobraram de tamanho, seus outros traços corroídos pela espera. Não se some dois dias de casa, não da casa dos meus pais, eu já sabia disso, não foi por mal, mas fiz assim mesmo.

O que estavam falando de mim, mãe? Você agora anda escutando atrás da porta também?

Abro um pouquinho, espio a mesa encerada da sala de jantar. O pastor aceita um café? Por favor assente, meu marido já vem. Irmão Sebastião, vim trazer boas-novas, o menino saiu do hospital. Que Deus seja louvado. Isso é um sinal do esplendoroso poder de Deus, um sinal enviado para você, irmão, uma dádiva e uma dívida. Um portal de luz que se abre, e a ti não é dado recusar, não esqueça do que eu disse, o menino está salvo, mas sua filha não. Pensa na proposta que te fiz, o ônibus para fazenda sai daqui a duas semanas.

Não estavam falando nada de você, é assunto do seu pai com o pastor. Eu ouvi falar de mim. Entra para o quarto, seu castigo não acabou.

Fico de pé, minha mãe já está de olhos fechados.

— Todo mundo erra, mãe.

— Sei disso, por isso estamos aqui — ela diz sem abrir os olhos.

O sol chega na altura de entrar pela fresta da janela do dormitório, mostra a poeira que paira sobre o corpo de minha mãe e uma teia de aranha finíssima construída na quina da cabeceira da cama.

— A senhora vai precisar tomar um banho.

— Agora me deixa.

Empurro a porta empenada do banheiro e viro a trava de madeira. Não ligo para o cheiro de mofo vindo de um cano rachado dentro da parede, tudo está limpo, vazio e muito maior que os centímetros contados das cabines. Posso tirar a roupa sem me preocupar com o chão ensopado, com as outras de pé do outro lado esperando. Desabotoo a blusa, penso nos dedos brancos de Júlia perfurando minha garganta, tiro o sutiã, libero meus peitos pequenos. Esfrego o espelho com a toalha, descolando a nódoa agarrada, e o penduro no basculante. Um espelho só para mim, mesmo que pequeno e velho. Foco nos meus olhos, depois nos meus peitos, um de cada vez, que é como cabem neste retângulo. Eles têm um bom formato, acho, mas um corpo desses tem pouca serventia se não se pode mostrar para ninguém. Lembro do sorriso do pastor.

Abro o chuveiro no máximo, como nunca posso. Não preciso vigiar a greta da porta por onde dona Carolina pode espiar, desperdiço o sabonete no cabelo fazendo uma espuma magra, espalho pelo corpo, passo nas dobras da pele devagar, nas mais escondidas, na mesma dobra mais de uma vez, na saliência os dedos brancos, de Júlia. A Fazenda Modelo aparece sonolenta e enorme, se revira pesada no meu estômago, me olha. Não quero. Paro tudo. Espero a água levar a espuma, esfriar os vasos dilatados, engolir o buraco da minha garganta.

Volto ao espelho, estou vermelha, me seco sem pressa para esperar isso passar. Coloco a camisa nova de algodão, abotoo até em cima os sete botões iguais, as tranças bem divididas como duas cordas sobre os ombros. Hoje faço vinte e um anos, acho que minha mãe esqueceu, mas não é culpa dela, já era avoada, agora então, ninguém pode cobrar que dê conta do dia do mês. Ela pensa que o pastor agradou do meu jeito de preparar os miúdos, da agilidade com que limpei a mesa. Eu acho que ele vai gostar da sombra que meus peitos fazem neste algodão fino, e pode ser que me dê colocação em Montes Claros e me deixe levar minha mãe daqui comigo.

13. a massa

— Bom dia!
É ele. Me viro, ele está parado na porta da casa, na beirada da pequena escada que dá na varanda. Em cima de sua cabeça três canários tomam sol em três gaiolas e começam a cantar estridentes, esquisitos. Ele vem com a camisa passada, põe os polegares entre o cinto e a barriga, enche o peito.
— Adoro esse ar puro. Vocês não sabem o privilégio que têm.
Passa por mim, um perfume marcado, de homem, sufoca o cheiro do bolo, ele senta diante da mesa preparada, come e bebe enquanto mexe no celular. Joana me manda sovar uma massa sobre a mesa de azulejo brilhante, onde na véspera Jeremias destrinchou a paca morta. Comprimo as juntas moles, a farinha deve sumir, Cristina, põe força nisso. Espero que o pastor veja, confirme que posso ser sua preferida, mas sinto que o suor pinga do canto do meu rosto, em pouco tempo posso estar fedendo. Acho que ele está me olhando agora, estou de frente para ele, com a cabeça

baixa, fingindo atenção na massa, e sinto que me observa, que estuda a cor da minha pele, da minha boca.

— Como está sua mãe?

A voz é grave como na pregação.

Me aprumo, pouso as mãos juntas sobre a louça gelada. Joana fecha a torneira e me olha.

— Está deitada.

— Irmã Joana, lá em Juiz de Fora nunca consigo comer um ovo fresco, daquele quentinho que acabou de sair da galinha.

— Aqui ovo não falta, vou buscar para o senhor.

Joana aperta delicada as mãos molhadas contra o pano de prato e me deixa sozinha com o pastor.

Ele fica de pé, contorna a mesa de azulejo e para bem ao meu lado, os canários ficaram quietos, ouço sua respiração encostando no meu ombro esquerdo.

— Continue, não quero atrapalhar — fala devagar, sussurra.

Não entendo o que ele diz. O perfume dele está andando pelas minhas artérias, obstruindo a passagem do ar, meu coração soca muito rápido.

— Falei para continuar, não ouviu?

Tento dobrar a massa, minhas pernas doem, pesadas. Fecho as mãos com dificuldade, estou fraca. Pressiono, a massa não se deforma.

— Deixa eu te mostrar como se faz.

Ele dá meio passo atrás, encosta a fivela dura do cinto na curva da minha anca, seu peito em minhas costas, espalma a mão aberta inteira sobre a minha e aperta. A massa cede, indefesa, se desfaz entre nossos dedos, encosto no esmalte frio do azulejo. Tento me mover, seu braço está colado no meu, ele aperta minha mão, meu corpo contra a mesa, a barba grossa contra o meu rosto.

— Acho que você anda duvidando de Deus. E duvidando de mim.

O hálito de café e saliva espessa se mistura com o perfume dele, minha língua gruda no céu da boca, dobrada, uma massa trêmula.

— Não duvido do senhor.

Digo com esforço enquanto tento descolar o meu corpo do dele.

— Então você quer que sua mãe faça exames na cidade grande? Sabe que o demônio espreita nos hospitais, nas clínicas de aborto, à procura de almas descrentes de Deus, para possuí-las? Você não vai querer ser possuída, vai?

Ele desgruda o corpo dele do meu, fica de frente, segura meu queixo com a mão suja de farinha, me obriga a olhar nos olhos dele.

— A doença do corpo vem da alma, menina, não se esqueça. Seu pai é um homem de fé e já pagou os pecados dele, se concentre em suas orações.

— Mas eu não fiz nada.

— Dona Altiva da fazenda aqui do lado me ligou, e eu não gostei. Já conversei com irmão Jeremias que cedeu à tentação desta boquinha aqui. Sei como você já trilhou o caminho do maligno, desonrou sua família.

Ele desliza um dedo no meu rosto, sua voz é lenta, quente, sustenta a mão aberta em torno do meu pescoço, o polegar esticado se apoia na minha garganta.

— Desculpe, eu não sabia que o senhor vinha.

— Na minha falta quem resolve as coisas aqui é o irmão Antônio, não tem nada que pedir favor pra gente de fora, como se fosse uma desamparada.

Ele puxa levemente meu queixo ao seu encontro, dá um beijo em minha testa.

— Gostei de você, acredito que o poder da fé te transformou. Não vá tentar semear cizânia dentro da nossa melhor fazenda.

Ele solta o meu pescoço e se afasta. Sinto um choro se carregando em meu nariz, meias lágrimas embaçam a massa que tento dobrar. Manter as pálpebras abertas, evitar que escorram. Joana aponta na entrada da varanda, traz em uma das mãos, pendurada pelas pernas, uma galinha que se debate e grita, quase maior que ela, na outra, um ovo. Coloca o ovo em um pires na mesa em frente do pastor. Ele enfia os polegares na casca, vira a cabeça para trás e despeja o ovo inteiro na boca.

— A benção da vida está dentro de mim. Amém.

Joana vai para o canto da varanda, junta as asas teimosas da galinha com um movimento preciso de braços e ajoelha sobre elas. Manda que eu pegue uma faca, a bacia amarela de plástico, no fundo do armário. Segura com uma mão pequena a cara da ave, o bico, vira para trás e começa a arrancar as penas do pescoço com a faca, firmando o dedo nelas sobre a lâmina.

— Iluminada é sua boa vontade, irmã Joana, é o caminho para a salvação. O que é seu está guardado no Reino dos Céus.

Joana e seu lenço apertado na cabeça, vira o rosto para ele no mesmo sossego como se bordasse ponto-cruz.

— Servir o senhor é uma honra, pastor. Não é, irmã Cristina?

Seu vestido está cheio de penas, a galinha fica quieta, o vermelho desliza no prateado, pinga no amarelo, como o de uma paca, de um potro.

— É.

— Estou achando essa moça meio tristinha hoje, irmã Joana. Está triste, irmã? Preocupada com sua mãezinha?

— Está nada. Essa irmã Cristina é assim mesmo, vive no mundo da lua.

— Você deve reforçar suas orações, irmã, um jejum também é bom. Tenho uma notícia pra você, tenho certeza que vai desfazer essa carinha amarrada. Quantos anos você tem?

— Vinte e um.

Paro, a massa está pronta, as meias lágrimas engolidas.

— Vou te colocar em Montes Claros, você quer?

Sinto a farinha dos dedos dele no meu queixo, a saliva ainda molha minha testa. É tudo que mais quero, sair desse lugar. Ele vai querer meus peitos em troca? Vai querer casar comigo, vou morar em apartamento no Rio de Janeiro, em frente ao mar?

— Quer ou não?

— Eu quero, mas e minha mãe?

— Sua mãe fica aqui, ao lado do marido, que é o lugar dela. Vai ter uma vaga no alojamento das moças no final do mês que vem, você pode trabalhar na churrascaria da igreja e ajudar as irmãs na casa quando eu for.

Os canarinhos piam estridentes sobre a voz grave do pastor. Fico olhando para eles.

As garças chamam agudo, mais alto que as ondas, enquanto amanhece. Os fragmentos de ar deslocados daquele dia até aqui, o sal que secou na minha coxa esfregando no calção de nylon de Felipe deitado em cima de mim. Depois sirenes, mais altas que o mar, mais altas que as garças. Nossos pés correndo juntos, quebrando o espelho da praia, estampidos, meu brinco de miçangas sacudindo, o atrito do metal, as algemas fechando nele. Perdeu, irmão. A chave virando na grade. Uma impressora engasgando, um carimbo, o choro da minha mãe atravessando a linha telefônica.

— Minha mãe está doente, quem vai olhar?

— Até lá sua mãe já sarou, eu garanto.

— Vou pensar, ver com meus pais.

Ele riu, sabe que nos meus pais quem manda é ele.

14. o palco

As mulheres e as meninas estão em fila no corredor, no meio do dormitório. Começa a escurecer cada dia mais cedo, mas as luzes ainda estão apagadas, por economia. Minha mãe dorme, na mesma posição que deixei. A fila se movimenta, elas caminham para suas prateleiras levando roupas dobradas, trazidas pelo pastor uma vez ao ano, arrecadadas na igreja em Juiz de Fora. Entro na fila, uma pilha de saias, uma pilha de camisas, dona Carolina mede meu tamanho no olho, pega duas peças de cada e me entrega. Peço as roupas da minha mãe, mais duas saias e duas camisas, que ela me dá sem medir. Algumas mulheres desdobram para ver antes de guardar, as mais velhas não, as roupas costumam estar em bom estado, é o que importa. Não sou mais velha, mas guardo sem olhar, são sempre feias, quentes demais.

No fundo do canto da prateleira, a sacola com o dinheiro dos bordados. Chamo Efigênia primeiro, conto que vendi sua colcha, pego o espelho que emprestou para minha mãe, as notas, uma miséria, e entrego. Ela agradece, na mesma tristeza de sempre. Irmã Efigênia tem cicatrizes demais, é o que minha mãe diz, não perca seu tempo com ela. Não sei o que é para minha mãe perder tempo com uma pessoa, deve ser não se incomodar com o estado de espírito dela, não tentar que ela goste de você, deve ser isso, mas acontece que a tristeza de Efigênia fura o corpo fino de Marina, que vive abandonada nesse dormitório desde que Ritinha, sua irmã, foi para Montes Claros. A menina deu para abrir feridas na própria pele com gravetos enquanto a mãe trabalha na lavoura e reza para ser salva. Ilusão a minha achar que uns trocados fariam alguma diferença.

Efigênia chega perto da cama da minha mãe, curva o corpo murcho, magro, um vestido marrom, e com a mão também marrom e cheia de manchas envolve a testa dela.

— Estou achando sua mãe um pouquinho amarela.

Minha mãe resmunga.

— Está na hora, mãe, precisa tomar um banho — falo perto de seu rosto.

— Ela vai no culto?

— Ela quer ir, disse que o pastor preparou uma unção especial pra ela. Mas você viu como está amarela, precisa fazer os exames, a senhora podia me ajudar.

— Ajudar em que, minha filha?

— Conversar com ela.

— Essas coisas é o pastor que decide, se ele preparou o culto de cura é porque ele acha que não precisa de exame, você não tem que ficar preocupada.

— E se ela tiver alguma coisa grave? A gente pode estar perdendo tempo.

— Irmã Cristina, o corpo é uma prisão e tudo tem a hora certa. Sente aqui, vou te falar uma coisa.

O que vai me dizer? Que o pastor vai falar umas palavras, vai dar um treco para minha mãe beber e pronto, estará resolvido. Irmã Efigênia tem cicatrizes demais, não sei por que estou perdendo meu tempo com ela. Alguém aqui não tem cicatrizes demais? Alguém consegue ver que essa certeza em Deus não ajuda em nada, que o tempo sempre estará contra nós? Me sento ao lado dela. Vejo seus lábios se moverem, as suas cordas vocais envelhecendo a cada segundo, mudando a estrutura lentamente, em poucos anos estará muda para sempre.

— Meu filho fez todos os tratamentos, tomou todos os remédios e quando Deus quis levar não teve médico pra segurar. Eu não tinha fé, o pastor é um homem bom, me acolheu na minha maior aflição, me tirou de um quarto escuro, me trouxe para a luz. Confia nele, tudo vai ficar bem.

— Pode ser que para o seu filho não tivesse recurso e para minha mãe tenha.

— Não existe recurso contra os desígnios de Deus.

Ela fica de pé, Marina vem ao nosso encontro, encosta no corpo da mãe, afaga a barriga dela com o rosto. Efigênia não olha para baixo, não vê que essa poeira vermelha está enchendo a boca da menina, que já não pede, não amola.

— Quer ver minhas roupas novas, Marina?

Tiro as roupas da prateleira e estendo na cama, ela passa os dedinhos sobre a fazenda estampada da camisa, conta as flores vermelhas sobre um azul de noite escura, com esforço abre os botões, veste a camisa que lhe dá nos joelhos, roda balançando as mangas sobrando, muito séria. Efigênia observa a filha, temporã, pequena demais para a idade. Desígnios de Deus. Essa menina dançando nessa poeira.

— Não acha que Marina está muito calada?

Efigênia não responde, interrompe a filha, lhe desveste a camisa, abotoa rapidamente, dobra o céu e as flores, pega Marina pela mão e sai andando.

— Irmã Efigênia, espera! Preciso de uma amostra dos pontos, com riscos de casamento, a moça da Fazenda Modelo tem um enxoval para bordar.

— Você devia se preocupar com suas orações, depois com bordados. Acorda sua mãe, já está ficando tarde.

Acho que não está tão tarde assim. Vou até dona Carolina com o dinheiro enrolado na sacola, espero afastada ela entregar a última muda de roupa. Não é hora disso, sei que não é hora disso, mas pode ser que ela fique satisfeita, quem sabe me deixa fazer os biscoitos de polvilho, como no meu último aniversário. Estendo a sacolinha para ela.

— Não é hora disso.

— Vendi todos os panos, dona Carolina.

— Não é hora disso.

Ela me vira as costas e guarda a sacola debaixo do seu travesseiro, estica a cama como se eu não estivesse aqui.

Volto, entendo, fui mesmo burra, mas não vou me aborrecer com essa bobagem. Quem se importa com biscoitos de polvilho? Minha mãe está sentada segurando na beirada da cama, cansada do esforço de se lavar e se vestir sozinha. Me abaixo para fechar em seus pés a sandália de couro que ela guarda para horas como essa, quando todos vestem o melhor que têm. As marcas vermelhas estão em vários pontos do seu tornozelo, agora é provável que pelo corpo todo. Não sei, mas parece sinal de doença grave. Nunca estudei de verdade os seres humanos, o que foi um erro, deveríamos aprender a cuidar uns dos outros antes de aprender a contar. Se eu falar alguma coisa dona Carolina vai me entregar sua pomada para assaduras, como se não fosse nada, mas células não se tatuam por estarem cansadas da monotonia, células não tomam decisões estúpidas como nós, elas sofrem desordens, porque estão velhas ou porque estão doentes. Um diagnóstico se faz por um conjunto de sinais e sintomas, capítulo 13 do livro *O corpo humano*, eu lá na frente da sala de aula, meu último trabalho da escola, parabéns, você leva jeito, um dia será uma cientista.

A igreja fica a duzentos metros do dormitório, um caminho plano de terra batida, que eu atravessaria sozinha em menos de um minuto, mas, pela força com que minha mãe se apoia em meu braço para caminhar até a porta e descer o primeiro degrau, vejo que deveríamos ter saído com mais antecedência. As outras passam por nós e oferecem ajuda, ela recusa. Teriam várias maneiras sensatas de chegar no culto, pedir a Jeremias para a levar de kombi, pedir a meu pai e a Antônio que a amparassem, cada um de um lado, ou subir em um carrinho de mão, mas ela prefere se escorar em mim e ir arrastando os pés. Contraio meu braço para que fique rígido junto ao corpo dela, transpiro. As noites em Montes Claros devem ser frescas, com ventiladores instalados no teto do alojamento, lá eu conseguiria dormir a noite toda. Ela quase tropeça, eu seguro. Vou deixar minha mãe aqui? Quem vai dividir com ela esse peso? Um corpo morto deve ser resolvido, quanto mais cedo melhor, não quer ficar, não quer ir, pode ser abandonado, enterrado, uma coisa simples, corriqueira, todo mundo sabe como se faz, já um corpo doente é carregado de vontades. Minha mãe puxa meu braço, é para eu ir mais devagar. Montes Claros tem livrarias, se eu fosse morar lá poderia comprar de novo o meu *Aracnídeos do Cerrado*. Família Nephilidae, aranhas com oito olhos em duas linhas de quatro, com os olhos laterais distantes dos olhos medianos, intenso dimorfismo sexual, machos até doze vezes menores que as fêmeas. Não é a minha família preferida, tem outra mais interessante na mesma página, logo abaixo, já tentei de todo modo lembrar o nome, mas não consigo.

Minha mãe está um pouco ofegante, Marina passa correndo com outras crianças e já chega na porta da igreja. Eu poderia comprar também um caderno de desenhos, passar para ele, em ordem alfabética, as aranhas que estão nas folhas da bíblia, e mais nada, o resto do dinheiro é para ir para Juiz de Fora, de vez. Nephila clavipes, da Família Nephilidae, constrói a maior teia orbicular do mundo, chegando a um metro de diâmetro. Deixa isso aí, Cristina, esse livro não vai te servir para nada, já tem gente que chega estudando aranhas. Ela puxa meu braço de novo, agora adiante. Ela não queixa dor, não diz que sente qualquer incômodo, presto atenção para ver se vai apertar as pálpebras, se com uma mínima contração no rosto vai indicar que precisa parar, mas nada, olha para frente, o tempo todo. Dá pena de ver essa certeza dela crescendo sem perceber onde está.

— Como está clara essa noite.

Ela acha que a noite está mais clara por intervenção divina, que ao final dela seu corpo vai dizer tudo bem, já que vocês mandam vou encerrar o processo de deterioração em que entrei.

— É, mãe, está muito clara mesmo.

Vou falar o quê? Que isso acontece uma vez ao mês por causa das fases da lua?

Todos entraram na igreja, o terreiro já está só poeira de novo, mas azul. Estamos no meio do caminho. Uma sombra de homem vem andando ao nosso encontro, a luz atrás, que sai da igreja e da lâmpada pendurada.

— É seu pai — minha mãe logo diz.

— Boa noite! — ele grita de longe.

Ele pega o punho da minha mãe, tira o braço dela que se apoia no meu e o coloca sobre o dele, naturalmente rígido, toma o lugar em que eu estava, ao lado dela. Agora eles estão de braços dados, ou quase isso. Ele tem força para carregar o corpo magro no colo se quiser, mas minha mãe não precisa mais, nesse instante sei que não sente dor nenhuma. A seda da roupa dela brilha ao lado da dele, a gravata azul que ele usa pavimenta o piso, enfeita de rosas o altar, como se tudo estivesse pronto. Ele cruza o outro braço em sua frente e segura a mão dela inteira, ela respira fundo. Dou um passo atrás. Podem as coisas chegarem no lugar por milagre? Por um momento que seja?

— Vá indo Cristina, o pastor está te procurando.

— Me procurando?

— Quer você lá pra ajudar.

Antônio e dois obreiros distribuem cadeiras de plástico sobre o pequeno palco, um outro rapaz testa o microfone. O pastor está de olhos fechados em uma poltrona colocada em um dos cantos do tablado, imóvel.

Passo as primeiras fileiras de cadeiras, a igreja está cheia, Severina me olha, Efigênia também, as moças à minha direita. Não sei se sabem que o pastor mandou me chamar, que não sou como elas. Vejam, estou autorizada a ir até o palco, posso ir morar em Montes Claros, se eu quiser, ou até ir morar na casa dele, um dia.

Antônio me aponta a poltrona do pastor, ele veste um paletó bege bem ajustado, empinado, as mãos apoiadas nos braços da poltrona, minha camisa nova ficou perfeita, o cetim balança um pouco enquanto ando, roça de leve no sutiã, sinto o perfume dele.

— Pastor, o senhor mandou me chamar?

Ele continua de olhos fechados, eu de pé na sua frente, quer que acreditem que está ocupado conversando com Deus. Os obreiros acabaram de arrumar as cadeiras, o microfone já está sobre o púlpito. Minha mãe e meu pai vêm caminhando pelo centro, ainda de braços dados, dona Carolina, logo atrás, fecha a porta. Os outros me observam, param de falar, o silêncio chega até o fundo da igreja, fica a sola dura do sapato do meu pai batendo no chão de louça, um eco enorme, ou estou ouvindo coisas? Todos esperam. Um homem cinzento, muito magro, está sentado na primeira fileira, ao lado de um rapaz forte que já vi, mas de quem não sei o nome, também um homem grisalho, com um menino já grande dormindo no colo, uma senhora pequena, negra, acho que é irmã de Joana, de mãos dadas com uma mocinha comprida. Em toda a fileira outros rostos me olham sérios, enfermos, com a mesma certeza de minha mãe. Os obreiros estão de pé nas laterais. O que estou fazendo aqui no palco com o pastor? Minha mãe garantiu que curas acontecem mesmo, que já viu, com os olhos dela, que a terra há de comer. Uma pessoa pode fingir uma doença, respondi. Isso é pecado, Cristina, você deveria rezar. Acho que tem razão, devo rezar, essas pessoas na primeira fileira, vendo aqui de perto, não estão fingindo.

— Vou precisar de você.

Ele diz com os olhos ainda fechados, para que toda a Igreja ouça.

Será que devo fazer alguma coisa? Que esse é o sinal para o início do ritual, para um movimento meu? O pastor já esteve em outros cultos de cura aqui, nesse mesmo galpão, no meio dessa mesma poeira, as pessoas gritando, chorando, caindo no chão, eu tentando não olhar, não atrapalhar ainda mais meu sono ruim e agora não sei o que faço.

Fico parada como se ele não tivesse dito nada, depois ponho a trança na frente do peito, ajeito a camisa, esticando-a sobre a saia, sem querer. Olho para saída, dona Carolina está ainda guardando a porta da igreja, os homens com rifles também. Meu pai chega à frente, tira a bíblia que guardava o lugar na cadeira ao lado do homem cinzento e acomoda minha mãe, vai se juntar aos obreiros de pé na lateral da igreja. Minha mãe me olha, estou aqui na frente, no palco, não tenho nenhuma apresentação decorada, nada preparado, nada para mostrar. Os passos do meu pai pararam de marcar o tempo, o olhar dela não termina nunca, uma dor fina, um espinho fincado, um rachado no meu calcanhar, uma picada de aranha. Quero sentar, sinto calor, alguma gota amassada debaixo do braço pode escapar. Efigênia cochicha com a mulher ao lado, fala de mim, posso ler seus lábios, é uma incrédula protegida do pastor. Foi isso mesmo que ela disse? Vejo Jeremias balançar a cabeça, fazer um sinal para o lado, indicando o canto aposto do palco, acho que para o púlpito.

— Dois Reis, capítulo 4, versículo 2 — o pastor anuncia grave, de olhos ainda fechados.

Jeremias balança a cabeça de novo, é para eu ir ao púlpito, diante da bíblia grande. Dois Reis, capítulo 4, versículo 2. Não vai ser tão difícil, só uma leitura e pronto. Confirmo quando chego no lugar olhando para Jeremias, ele aprova com seu sorriso de dente faltando. Encontro a página certa, arrisco ligar o microfone, ajusto a uma distância média, como já vi eles fazerem, e começo.

— *Uma mulher, das mulheres dos filhos dos profetas, clamou a Eliseu, dizendo: Teu servo, meu marido, é morto; e tu sabes que teu servo era temeroso ao Senhor; e veio o credor para tomar-se dois filhos meus por servos. E Eliseu lhe disse: Que te farei eu? Declara-me o que tens em casa. E ela disse: Tua serva nenhuma coisa tem em casa, a não ser uma botija de azeite. E ele lhe disse: Vai, e pede para ti vasos emprestados de todos teus vizinhos, vasos vazios, não poucos. Entra logo, e fecha a porta atrás de ti e atrás teus filhos; e despeja em todos os vasos, e em estando um cheio, põe-o à parte. E partiu-se a mulher dele, e fechou a porta atrás de si e atrás* seus filhos, e eles lhe traziam os vasos, e ela deitava do azeite. E quando os vasos foram cheios, disse a um filho seu: *Traze-me ainda outro vaso*. E ele disse: *Não há mais vasos*. Então cessou o azeite. Veio ela logo, e contou ao homem de Deus, o qual disse: *Vai, e vende o azeite, e paga a teus credores; e tu e teus filhos vivei do que restar.*

Levanto a cabeça, minha mãe sorri, os outros estão atentos, meu pai balança um pouco o queixo para baixo e para cima, em aprovação. Fui muito bem, não engoli uma sílaba, não gaguejei, pus os pontos e as vírgulas, não falei baixo nem alto. Viram do que sou capaz? Duvido que tenham entendido alguma coisa do que eu disse, que azeite é esse, que vasos não poucos são esses, mas estão satisfeitos com meu modo de falar nessa língua misteriosa, sua filha incumbida da palavra de Deus.

— Obrigada, irmã — diz o pastor abrindo os olhos.

Coloco o microfone no lugar, dou os primeiros passos para deixar o palco.

— Permaneça onde está — ele diz, agora já de pé.

Vejo o quanto ele é imenso, corpulento, fazendo tremer o tablado de madeira fraca. Ele põe a mão no meu ombro e me leva de volta até o púlpito, pressiona um pouco, ali devo ficar até receber outra ordem. Ele dispensa o microfone, passa as cadeiras dispostas, chega na frente do palco, abre os braços e grita.

— Glória a Deus, irmãos!

— Glória!

— Hoje estou emocionado — continua, regulando o volume da voz. — Os irmãos conhecem a cruz que levo. Estou nesse caminho em busca da palavra de Deus há vinte e três anos. Todo esse tempo perseverei na busca do Verbo. Não sou o mesmo homem. Hoje, ali naquela poltrona velha, sob o olhar de vocês, enquanto a irmã lia a escritura, por permanecer no caminho e perseverar, eu tive uma revelação. Sei que os irmãos estão aflitos, que sofrem no corpo dores, mas no final da noite de hoje vocês vão compreender. Vou dizer a vocês, irmãos, mas daqui a pouco. Primeiro vou tratar da palavra dita. O que a irmã leu para nós?

Ele caminha até onde estou, quase encosta no púlpito, sinto de novo o perfume dele, meus braços se contraem sem minha ordem. Continua.

— O que a irmã, uma moça preparada, muito bem letrada, como vocês viram, o que essa irmã leu para nós? Muitos ignoram a importância dessa passagem, mas é uma das mais bonitas da bíblia. A mulher de um discípulo dos profetas, diante da morte do marido, foi falar a Eliseu, sabia ele que o morto era um homem de fé. A fé de tão firme e verdadeira, ultrapassou a própria vida dele para amparar sua família, a fé dele fez deitar o azeite nos potes vazios, na casa que nada tinha, e os filhos foram salvos da escravidão.

Ele vai novamente para a beira do tablado, suas costas ocupam toda a minha visão. Aumenta de novo a voz.

— Vejam que coisa estupenda! A fé que você vive hoje se tornará um legado para sua casa. Não há, no mundo terreno, nada que valha mais, nenhuma herança maior, nenhuma estância, fazenda, joia, propriedade, nada é mais caro e mais valioso do que a fé que você está vivendo hoje. Ela te ultrapassará e salvará teu filho e tua filha da escravidão dos homens, os salvará de servir ao faraó e não a Deus. Então, se amas teu filho e tua filha, permanece, persevera, não esmoreças, o Senhor te recompensará. Venha aqui na frente, irmã! — ele diz, virando para mim e estendendo um dos braços à minha espera.

Obedeço e me coloco ao lado dele.

— Esta moça é filha. Eu pergunto para os irmãos, qual o maior legado que o pai e a mãe dela podem deixar? Qual coisa dentre todas as existentes salvará esta alma da impiedade, da soberba, da luxúria, do deserto da alma, do lago de fogo?

Ele está falando de mim? Tenho isso, soberba, luxúria? O suor desce do meu sutiã para minhas costelas. Dona Carolina ainda vigia a porta, os homens com rifles também. Os passos do meu pai na tábua gasta do corredor da minha casa, de um lado para o outro, a reza da minha mãe madrugada adentro, estou ouvindo coisas. Me seguro no púlpito, estou tonta, a vista quase escurece, o pastor me olha, não me mexo.

— Uma fé verdadeira — ele continua. — Mas digo, e escutem, verdadeira. Essa é a maior herança de todas. Vocês aqui na primeira fileira, o que vocês querem ouvir? Vieram e tomaram os melhores lugares para ouvir o quê? Que irão receber a sua vitória aqui hoje, vieram ouvir meu clamor a Deus, vieram ouvir de mim que um milagre pode acontecer agora. Aqueles que estão sentindo dor no seu corpo físico vieram ouvir que serão tocados de modo especial e que as dores desaparecerão. Como os filhos de Zebedeu, querem sentar-se ao lado de Jesus, mas Ele disse, podereis vós beber do cálice de que eu bebo, ser batizado com o batismo com que sou batizado, o batismo da morte? Muitos esquecem dos enormes sofrimentos dos mártires da fé, querem ser salvos sem nenhum suplício, sem provação, sem sofrimento algum.

O pastor silencia um minuto, e mais um. Minha mãe me olha.

— Existem pessoas que estão se julgando melhores que as outras, querem ser salvas sem experimentação. Então eu pergunto, vocês são essas pessoas? As que querem ter o corpo salvo sem a provação contínua da dor, da angústia, da aflição, do abandono? Aqueles que querem ser salvos sem servir? Quem de vocês já sofreu agonias maiores que os próprios pecados?

Ele pede que um pobre coitado desse sentado na primeira fila se manifeste e fale que sofreu o bastante, que não aguenta mais. Ao lado dele, como se fosse cúmplice da sua pergunta, eu também espero. O homem cinzento, lábios e olhos cinzentos, os ossos do rosto quase atravessando a pele, teria ele matado alguém? De propósito, por maldade, e cozinhado seu fígado? É nisso que está pensando para calar? E o menino à sua esquerda, dormindo no colo do pai com as olheiras fundas? Tem sonhos obscenos? O pai está calado porque sabe que o filho forçou a irmã em um beco escuro? É isso? São esses os seus enormes pecados? E minha mãe, o que ela fez que não vi? Foi quando eu era pequena? Deixou de me ninar? Esteve triste quando deveria estar feliz? Qual segredo horrível ela guarda?

— Vocês querem sentar nas cadeiras que estão no palco, mas eu determino em nome do Senhor, tirem essas cadeiras daqui! Para o bem dos irmãos, tirem essas cadeiras daqui. Esse é um erro horrendo.

Ninguém se mexe. Essa ordem é para todos? Para os doentes, para mim? É para fazer mesmo ou modo de dizer?

— Andem, estão esperando o quê?

Ele olha para os obreiros. Antônio sobe ao palco com eles, começam a recolher as cadeiras atrás de mim, o corpo pesado do pastor anda três passos para lá, três passos para cá enquanto espera, olha para o chão como se pensasse. Posso aproveitar o movimento para sair sem ser notada. Ele me encara, tarde demais, fico parada no mesmo lugar.

— Vejam, irmãos, o que me foi mostrado, não existe lugar marcado ao lado do Senhor. Ai dos que perdem a paciência e suplicam antes do momento final! Jesus não quer que oremos por um milagre para o nosso corpo, não quer que sejamos salvos na carne que apodrece sob o sol, é a matéria que perece.

Ele desce, quase encosta a perna na minha mãe, ela levanta os olhos. Deve estar sentindo o cheiro dele.

— Já vi o milagre acontecer, Deus tocar no corpo do enfermo através da minha mão — ele estende a mão sobre a cabeça dela, quase a toca —, mas não existe lugar marcado ao lado de Jesus e muitos cristãos só pensam em ser salvos, não entendem, e se seu sofrimento não é aplacado imediatamente, querem questionar o divino, desertar da Igreja, abandonar o caminho, virar as costas para a fé — o pastor deixa cair a palma da mão sobre os cabelos brancos de minha mãe.

— O que pode aprender, se, ao invés de servir a teu irmão, a teu filho, a teu pai, com a tua vida, só pensa em escapar? Não sustenta as provações da existência na Terra, uma dor que nunca se pode comparar à dor de Cristo crucificado, e mesmo assim não para de lamentar, murmurar, em um gemido constante? Quer estar ao lado de Jesus, mas não quer beber do cálice que Ele bebeu, o sofrimento de todas as perseguições, as injustiças, as prisões. Quer lugar no altar ao lado do filho de Deus, mas quando perguntado se deseja compartilhar do pão amassado pelo perseguidor diz que não, prefere rejeitar a refeição do Pai, o pão do desgosto, da tristeza, das angústias, das tormentas. Não entendem? Quando uma pessoa se esquiva da adversidade, quando foge, ela não quer ser confortada por Jesus, ela zomba do amparo oferecido por Deus, despreza a misericórdia divina. Aquele que rejeita o suplício da cruz é o que detesta Deus, porque acredita que não merece o que para si foi reservado e que Deus é injusto. E lamenta, chora, importuna o irmão que está firme no propósito do verbo. Acha que Deus é obrigado a perdoar nossos pecados sem nenhuma penitência, sem nenhum sofrimento ou experimentação na Terra. Essa pessoa é aquela que amaldiçoa Cristo, assim odeia Deus, Jesus crucificado, e na verdade está buscando o filho Lúcifer, que vai lhe amparar somente na carne, mas que lhe reserva passagem para o eterno lago de fogo, quando chegar a hora final. É o que acontece com aquela pessoa que foge da tribulação.

Interrompe, se vira para mim com a mão ainda na cabeça de minha mãe, sobre os cabelos brancos que penteei, trancei, como se pudesse, tivesse intimidade, segura, me toma e, olhando direto para mim, continua.

— Ela não quer ser instrumento de consolação, porque é egoísta, soberba, arrogante. Eis o pior menosprezo, o menosprezo de Deus, da misericórdia. Ela não deseja ser serva de ninguém, desdenha a salvação para si e não busca a salvação e a consolação de ninguém, nem do pai, e só faz chorar, lamuriar. Egoísta, ingrata, cobiça ser o que não é, ter o que não tem. Foi dito, quem quiser salvar sua vida a perderá, mas quem perder sua vida por amor de Cristo, por amor de mim e do Evangelho, esse a salvará. O fim está próximo, o Juízo Final está próximo.

Ele me deixa, deixa minha mãe, caminha devagar em frente à primeira fileira.

— Se não passarmos pouco a pouco por esse calvário, nunca, jamais seremos iguais a Cristo.

Ele para, põe a mão na cabeça da mulher pequenina.

— Permaneça em paz na sua dor.

Dá um passo, põe a mão na cabeça do menino que dorme.

— Aceita tudo que te acontecer.

Sobre a cabeça do homem cinzento.

— Reconhece como és miserável e pecador.

Dá mais uns passos, agora coloca a mão na cabeça do senhor muito velho.

— Como és indigno do nome de Jesus.

Ele sobe no palco de novo, abre os braços.

— Senhor Jesus, receba esse louvor, essa oração, os frutos da nossa gratidão, toque agora no local de nossas impossibilidades e quando estivermos preparados, quando tivermos experiência, faça com que tomemos posse da benção que nos é entregue aqui, porque cremos na salvação verdadeira, não na salvação da carne. Amém, irmãos?

Quando tivermos experiência? Quantas moedas de dor é preciso juntar para se trocar por um milagre? Quanto meu pai pagou para não ser um assassino? Para que eu não me perdesse em veredas corrompidas? E ela? Amarela como um pequi, espera neste balcão, consegue pagar mais um pouco pelo último novelo deste fio importado, por estas agulhas com ponta de ouro, raspar seu porta-moedas esfarrapado, se é tudo o que quer é capaz de achar esta conta certa. Daqui posso ver uma artéria saltada, pulsando acelerada no pescoço dela, mas seu rosto não muda, ela engole a antiga certeza, junto com o sangue passando, sem murmurar. Se aprumar, concorda em dar mais algumas noites em claro, alguns vômitos, algumas manchas na pele.

— Amém, irmãos?
— Amém — os outros respondem.

E eu? A preferida do pastor para limpar vômitos, enquanto outra menina dorme em minha cama fresca em Montes Claros. Até lá sua mãe estará boa. Estará sim. Estarão todos bem.

Ele volta para a poltrona, um obreiro começa a tocar um violão em frente ao microfone, canta uma música alegre que fala de como Deus é bom. Acho que estou dispensada. Desço do palco. O homem grisalho passa por mim com o menino grande no colo, que ainda dorme com a cabeça caída para trás, paro para olhar. Ele chega perto do pastor, ajoelha, apoia o menino amolecido na perna, esconde o rosto com o braço, balança o corpo com trancos pequenos. Dá para ouvir, ele soluça e fala que tem experiência o bastante, que o filho é um inocente, o pastor explica que não existe isso de ser inocente, que o adversário semeou o joio no meio do trigo, Deus semeia a boa semente, Satanás semeia a má. O homem fica um minuto, depois desce, os olhos vermelhos, o menino impuro nos braços.

Antônio se dirige ao púlpito, se prepara para falar, outros se colocam no canto do palco para dar um testemunho. Passo por minha mãe, vou para o fundo da igreja e espero o culto acabar.

15. a pedra

Poderia ter falado para ela, não te disse que esse pastor não ia resolver nada? Mas não tive coragem. O dormitório está silencioso, as mulheres vigiam seus incômodos para que não façam barulho, esperam que as outras durmam primeiro, ninguém quer lamentar suas tribulações.

Minha mãe está deitada de barriga para cima, as mãos cruzadas sobre o peito, basta que eu feche seus olhos. Poderia ter escolhido outra posição, menos desconfortável para mim. Ela pisca, posso ver daqui, sob uma nesga de lua. Pisca de novo. Vou passar as noites assim? Aguardando uma confirmação, até que a lua mude e eu não consiga ver mais nada? Meu pai também esqueceu meu aniversário, os sonhos da padaria da esquina da nossa rua, um envelope com duas notas dobradas, escrito Cristina, minha princesa, com sua letra de forma tremida, para comprar o que você quiser. O abraço demorado era antes, bem antes, e tudo ficou lá. Não me importo, juro que não me importo. Procuro a Fazenda Modelo, o pensamento nela, percorro o lençol intrigada com seu silêncio. Preciso levar as amostras para Júlia, porque prometi.

As outras murmuram, cederam uma a uma e, dormindo, não conseguem disfarçar, minha mãe ressoa mais alto, mais doída, mais aflita. Efigênia sempre custa a dormir como eu, deve estar acordada.

— Irmã Efigênia.

— O quê? — ela responde da cama ao lado de minha mãe.

— E as amostras?

— Que amostras?

— De bordado, pra moça da Fazenda Modelo.

— Você não emenda, Cristina. Essa situação, e você pensando em bordado.

— Pode dar um bom dinheiro.

Ela não responde, acho que se vira para o outro lado.

— Irmã Efigênia?

— Preciso dormir, Cristina.

— Você viu aquele menino, filho do homem de cabelo branco?

— É Frederico o nome dele.

— Ele está mal, vi o pai chorando. Você acha que pode ter alguma coisa pra esse punhado de gente doente, uma água contaminada, sei lá?

— O menino já foi no médico. É melhor você dar sossego, parece que não ouviu a pregação.

Uma sombra corre sobre a madeira do telhado, em cima da minha cabeça, nossos vizinhos noturnos. Marina choraminga baixinho, o cheiro do pastor, não consigo me livrar dele, vejo sua mão sobre o cabelo da minha mãe, que eu trancei, a sombra corre para o outro lado, a manhã parece que não vai chegar.

— Eu ouvi a pregação, só não concordo.

— Não concorda? Você não tem medo de começarem a achar que é você?

— Eu?

— Que você está causando tudo isso, com sua descrença.

— Você acha isso?

— Que você tem culpa das doenças? Eu não acho isso, só acho que não é bom você ficar criando mais problema, o pastor está sendo perseguido, está nervoso.

— Perseguido como?

Os gemidos no escuro do dormitório, minha mãe quase afoga no sono por um minuto, depois puxa o ar com força, Efigênia fica quieta. Eu poderia estar causando isso? Se eu tivesse esse poder iria contaminar primeiro a água do pastor, depois a de Antônio e dos outros obreiros, iria poupar o menino pecador. Essa história de perseguido, como se ele fosse Jesus. Esses homens com rifles pensam que eu posso estar causando isso? Minha cabeça dói, a sombra atravessa o telhado para o outro lado, pelo barulho que faz pode ser de um gambá, estão se multiplicando, fizeram um ninho em algum canto aqui, ninguém tem medo deles, só eu.

Preciso descansar. Pode ser que minha mãe perceba que não pode ficar como está, que aceite ajuda de qualquer um, de qualquer lugar. Talvez agora meu pai tome uma providência, já que esteve de braços dados com ela, talvez se lembre do que já prometeu. Ela para de piscar, minha vigilância se dilui nos gemidos, minha mãe ronca alto, uma porca chafurdando no próprio vômito, uma paca morta, tenho pesadelos leves enquanto tento dormir. Preciso descansar.

Escuto dois toques na janela, com o nó dos dedos. Efigênia não se mexe, ninguém mais escuta. De novo. Mais dois toques.

— Cristina.

A voz de Jeremias, baixinho.

— Cristina!

Chego perto da janela, pela fresta larga, um ar mais fresco.

— Que foi?

— Quero falar com você.

— Fala.

— Não, aqui fora.

Ele está debaixo da lâmpada pendurada, perto da parede suja do dormitório, ando em sua direção, ele sorri constrangido.

— O que você está fazendo aqui?

Ele me estende a mão ressecada, segura entre os dedos um papel bem dobrado, do tamanho de uma moeda.

— Feliz aniversário.

Abro o embrulho de folha de caderno, no meio dele uma pedrinha cinza, metade de um grão de feijão, fosca.

— Cuidado. É um diamante, é da Chapada, o mais duro que existe no mundo.

— Quanto você pagou por isso, Jeremias?

— É presente. Você gostou?

Ele olha para a pedra na dobra da folha, eu olho para ele. Nem sei o que penso. Ele quer me enganar? Quer que eu acredite que essa pedrinha feiosa é um diamante, que foi ele que foi passado para trás por um viajante no mercado, que ele fez a idiotice de gastar uma fortuna numa coisa inútil dessas sabendo como estou precisando de dinheiro, que ele foi a única pessoa que lembrou do meu aniversário, nunca vi um diamante de perto. Olho para a pedra se equilibrando no papel branco listrado.

— Gostei, gostei sim.

— Depois você pode lapidar, fazer um anel pra você ou um cordão.

— Entendi.

Não tenho muita coragem de olhar para ele, acho que espera um beijo ou coisa assim, mas não vou dar, melhor não, não quero ser culpada disso. Se pelo menos ele estivesse tão cansado daqui como eu, mas também não é certo fazer força para gostar de alguém.

Ele não cheira mal, é asseado, um beijo e me levaria para Fazenda Modelo com ele todos os domingos, mesmo escondido do pastor. Já é adulto, que regule seus sentimentos. Dou um beijo em seu rosto, demorado, como se quisesse sua pele vermelha de sol. Ao me afastar, ainda vejo seus olhos fechados, dá pena, quase me arrependo.

— Posso ir com você na Fazenda Modelo semana que vem? Fiquei de levar as amostras para Júlia, acho que pode dar um bom dinheiro.

— Não sei, Cristina, o pastor não gostou.

— É pela minha mãe.

— Ele não quer ninguém longe daqui, está sendo perseguido, existem forças malignas rodeando a nossa fazenda.

— Você acredita nisso mesmo? Perseguido por quem?

— Estão processando ele, a justiça dos homens. Me proibiu de carregar qualquer pessoa na kombi.

— Então eu sou qualquer pessoa pra você?

— Não é isso. Dona Altiva ligou pra ele, ele ficou uma fera comigo.

— Mas ele não vai embora no fim da semana? Prometo que não vou amolar, não vou pedir nada pra ela, levo só as amostras e pronto, nem preciso chegar perto da casa.

— Promete?

— Prometo.

Guardo a pedra no armário, dentro do papel de sabonete, no meio dos meus trocados, ela tão inútil como o bom formato dos meus peitos. Será que Jeremias acha que um dia vou embora daqui, lapidar essa pedra? Ou confia que nunca vou descobrir que ela não vale nada, que presa aqui nunca vou saber que por baixo desse fosco existe mais fosco, outra camada igual e mais outra? E vou acreditar a vida toda no brilho do que não passa de um carbono ordinário, na beleza de um corpo que ninguém nunca viu.

Sem as amostras, o que vou fazer na Fazenda Modelo? Minha mãe ronca alto, ritmado, não me deixa dormir. Me ajoelho na beira da cama, puxo o braço oposto em minha direção, apoio as costas para colocar o corpo de lado, tirar a língua da goela para liberar o ar. Encontro o que esperava, as costelas evidentes, o cheiro químico do comprimido vermelho. Ajoelho no chão, ponho meus lábios nas costas de sua mão, sinto sua pele descolada e quando dou por mim estou rezando, pedindo ajuda de Deus. Meu Deus, me ajude a convencer minha mãe de que o senhor não olhará por ela, meu Deus, me ajude.

    Deito de novo. Não vou conseguir essas amostras. Posso passar minhas aranhas a limpo para mostrar para Júlia. Preciso de papel, essas folhas no fim da bíblia, uma sobre cada pilha de roupa, todas iguais, pretas com escritos em dourado. Tenho que descansar. Minha mãe tem uma tesoura pequena junto com as agulhas, um corte preciso e nem vão reparar, aquelas folhas desperdiçadas, em branco. Essa nesga de lua, tenho luz suficiente. Não agora, depois, amanhã. Preciso descansar. A sombra corre para o lado de cá, para exatamente em cima da minha cabeça, me olha. Viro o travesseiro, procurando o lado da fronha mais fresca, o alívio dura alguns segundos. Será que vou parecer uma menina boba com seu álbum de figurinhas? A taxonomia falha, famílias de que nem lembro mais o nome, espécies comuns. Seria preferível marcar um risco na parede para cada dia que passa, como em uma cela, mais digno do que fingir que este catálogo infantil serve para alguma coisa. E ficam todos tolerando, com pena do meu faz de conta que sou cientista. Vou é rasgar meus desenhos. Preciso descansar. Minha mãe deita de barriga para cima de novo, a língua obstrui o ar. Eu poderia carregá-la dormindo até Montes Claros, exigir do meu pai minha parte na casa que deixou para trás, poderia colocar meu corpo a serviço de Antônio nas ruínas das casas de colono, mas estou cansada, hoje não consigo mais.

16. a mosca

Não checo mais a pele da minha mãe, contenho o impulso, é inútil, sei que ela está tomada de teias.

Escolho feijões sobre a bancada branca, de um lado os grãos pardos, malformados, de outro os negros brilhantes, que despejo por um funil nas garrafas vazias de refrigerante, enfileiradas no chão. Um trabalho perfeito para minhas juntas moles. Joana já pôs o bolo, o queijo e serve mais café na xícara, antes que o pastor peça. Ele está reunido com os outros obreiros, uns papéis espalhados na mesa, não come e fala mais baixo que o normal. Tento não olhar, não quero que se lembre que estou aqui, e toda vez que olho dou com ele coçando com as unhas as palmas das mãos.

O homem grisalho chega na entrada da varanda, está de pé no quintal, parado, esperando que alguém o perceba, mas só eu o vejo. Seus olhos estão mais vermelhos, as olheiras mais escuras, veste a mesma roupa de ontem à noite. Uma mosca passa sobre meus feijões, oscila no espaço até a mesa dos homens, pousa no bule quente, paira entre as cabeças, pousa novamente, o homem grisalho ainda está parado. Joana deixa a pia e se vira em direção ao quintal.

— Nossa senhora, assombração! Quer me matar de susto? O que aconteceu, criatura de Deus?

O homem não responde, não veio falar com ela. O pastor para de coçar e encara o homem.

— Que foi, irmão, algum problema?

— Eu vou embora.

— Embora pra onde?

— Vou embora, embora daqui.

— O que é isso, irmão? Calma, vamos conversar. Venha cá, senta aqui.

O pastor bate na cadeira ao seu lado, a mosca se espanta, vem voando em minha direção.

— Não quero sentar. Vim só comunicar isso ao senhor.

— Irmã Joana, põe uma xícara aqui para o irmão.

Joana obedece. Um obreiro se levanta, vai até o homem e o leva com a mão nas costas até a cadeira. Joana despeja o café quente. Ele apoia os cotovelos, segura a cabeça tampando os ouvidos, não sente o vapor esquentando a cara. O que posso fazer por ele? Dizer eu concordo, você é um homem livre, levanta agora e vai, vai. Tem um ônibus que passa as quatro horas da manhã, na encruzilhada da estrada para Montezuma, você vai no refeitório, faz uma matula, uma muda de roupa para cada um, vou obrigar Jeremias a te levar no ponto. O pastor puxa um dos braços do homem.

— O que te aflige, irmão? Como está seu filho?

— Eu quero o dinheiro da minha casa de volta. Da minha casa e do meu carro.

— Você precisa se acalmar. Te perguntei como está seu filho.

— Não vou enterrar meu filho naquela grota.

— O irmão está pensando no sepultamento do seu filho, devia estar preocupado com a salvação da sua alma, ou não confia em Deus?

— Deus já teve a sua chance.

— Agora é você que dá chances a Deus? Não ouviu nada do que eu disse ontem?

Lágrimas descem no rosto do homem.

— Meu filho não reage, parou de comer.

— Quem foge, rejeita as tribulações, está rejeitando a misericórdia de Deus. Como espera ter paz deixando sua fé, deixando a Igreja que te escolheu? Ai dos que perderam a paciência e que deixaram os caminhos de retidão e se perderam por veredas corrompidas, o que farão eles quando o Senhor começar a examinar tudo? O fim está próximo, irmão, está próximo.

O homem leva de novo as mãos nos ouvidos, abaixa a cabeça, o pastor acaricia seus cabelos grisalhos. A mosca pousa na borda da xícara do pastor. Posso dizer acorda moço, leva seu filho daqui, não escute mais nada que esse homem vai te falar, mas não digo. Inauguro uma das garrafas, os caroços batem no plástico duro e uns nos outros, a mosca se assusta, oscila de novo, levanta da xícara doce, flua indecisa.

— Quero meu dinheiro, vou voltar pra cidade, meu filho precisa de um hospital.

— As coisas não funcionam assim, quero meu dinheiro e pronto, o dinheiro aparece — o pastor aumenta a voz.

— Quando decidi vir o senhor disse que se a gente quisesse voltar pra cidade era só falar.

— Levantar o dinheiro demanda tempo. O irmão já ouviu falar em capital imobilizado? Seu dinheiro foi usado para comprar as fazendas da comunidade.

Quero bater na mesa, despejar o bule fervendo na cabeça do pastor ou dizer pelo amor de Deus, tenha misericórdia. Não bato na mesa, não falo nada.

— Pelo amor de Deus, tenha misericórdia — o homem diz, baixo, quase não ouço.

— Não depende de mim, vou ver o que consigo fazer. Vá descansar, o irmão Luiz vai com você ajudar com o menino.

A mosca voa perto da cara do pastor, pousa na alça do bule à sua frente. O obreiro leva o homem grisalho. Posso chamá-lo, dizer não vá ainda, não desista.

— Só me faltava essa — o pastor reclama com a voz grave.

A mosca pousa na mesa, ele bate a mão, ela escapa, ela pousa mais adiante, ele tenta de novo.

— Esses mosquitos sabem ser irritantes.

— É uma mosca — eu deixo escapar.

— O quê?

— Ela é muito mais rápida que o senhor.

Todos me olham, o pastor me encara.

Como posso ser tão imbecil? Explico que essa é uma verdade biológica e que o cérebro da mosca processa imagens a uma velocidade de duzentos e cinquenta vezes por segundo, enquanto o do homem trabalha a sessenta vezes por segundo? Devo dizer sinto muito, mas o senhor é um homem? Mas não digo nada.

— Fomos feitos à imagem e semelhança de Deus, você deveria saber disso. Não me compare a um mosquito! Cuide do seu trabalho, em silêncio, como serviçal de Jesus, e pode ser que consiga ser salva.

Bambeio, deixo cair o funil de latão, os feijões espalham no chão, penso numa estaca nova na grota, a mosca some da minha vista.

17. um formão e um martelo

Não tenho alegria em confrontar meu pai, nunca tive, mas é natural que em algum momento eu passe a tomar a dianteira das coisas e mostre a ele o quanto é atrasado, incapaz de tomar decisões por mim.

Paro no topo do morro, desabotoo o colarinho da camisa nova que corta meu pescoço. Vejo de cima, ele levanta um machado, bate nos nós de um bambu gigante, perto de uma pilha alta deles, ultrapassando as parreiras em volta. Os estalos aumentam, ele segura a vibração do ferro com seus braços enormes. Ele vai achar que estou sendo precipitada, querendo mandar em um homem ainda forte como ele. Forte e burro, eu responderia.

Ponho meu pé de havaianas empoeiradas sobre o bambu, fingindo poder firmar, ser de alguma ajuda. Ele deita o machado, apruma o corpo, levanta o boné e ajeita seus cabelos para dentro, tira um lenço amassado do bolso, passa no suor e na poeira que cobre o rosto. Me olha. Fixo, de um jeito morno, manso, como fazia em casa.

— Rezei por você o dia todo — a voz também como na casa, na volta da igreja, na ladeira mal iluminada.

— Foi, pai?

Esqueço que vim aqui para dar as ordens e preparo um passo, fico à beira de um impulso de me agarrar ao peito dele.

— Ontem você fez bonito no palco. Queria ter te dado os parabéns, mas o pastor me chamou para a reunião do fim do culto.

Ele sorri, espero que mova o braço de ferramentas, que estique a mão na altura do meu rosto para que eu encoste. Espero mais um pouco.

— Esse maracujá que não vinga. Não está dando pra arredar o pé daqui. Seu dia foi bom? Fizeram os biscoitos?

— Foi.

A voz de Antônio chega de longe, ele grita para encerrar o dia. Faz-se noite na lavoura, é hora de descanso, que Deus nos guarde em nossa fé.

A mosca pousa na camisa de meu pai, a mesma mosca, deve ser, bem no peito para onde eu ia, no rasgo de um arame farpado. Ela zune, passeia entre nós, sinto suas pernas na parte exposta pelo botão que abri. Meu pai vê. Ela voa, pousa no lábio dele, Deus nos guarde em nossa fé, ele não diz, mas é como se dissesse, enxota o inseto com um golpe lento, tira os olhos de mim e pega o machado de volta. Não vai oferecer sua mão, um trilho até seu peito, está acabada a festa do meu aniversário. Fico olhando, o bambu racha, as moscas todas no dormitório, no amarelo de minha mãe.

— O que o senhor está fazendo?

— Improvisando umas valetas, preciso de canos com bitolas grandes, mas só chegam no final do mês.

— Não é melhor esperar?

Ele não responde. Fico parada, ele joga mais um bambu, racha um nó, depois outro, outro e mais outro.

— O que você quer, Cristina?

— Nada, vim só ver o senhor.

— Não tem serviço lá pra cima não?

— Queria te fazer uma pergunta.

— Sabia que tinha coisa. Se é o exame da sua mãe já falei que é o pastor que vai decidir, não adianta você ficar aporrinhando.

— Se eu te pedisse um dinheiro emprestado pra ir até Montes Claros você me emprestaria?

— Se for pra levar sua mãe para fazer esses exames sem o pastor mandar, não.

— E se for pra outra coisa? Você tem dinheiro guardado, pai?

— O pastor não quer ninguém saindo da fazenda.

— Eu sei, mas vamos supor que chegue a hora da mãe precisar fazer um tratamento, ou que o senhor resolva ir embora daqui por algum motivo, o senhor tem dinheiro?

Ele pega outro bambu na pilha, joga no chão, acerta o primeiro nó com o machado.

— Não preciso de dinheiro aqui.

— O senhor está fingindo que não está entendendo, estou perguntando se o senhor quiser sair daqui.

— Não vou querer.

Ele passa para o próximo nó. Está posto, vai rachar essa pilha de bambus, tirar o miolo dos nós com um formão e um martelo, assentar numa valeta cavada na terra dura, esperar que alguma água escorra, para vinte dias depois arrancar tudo.

— O senhor não consegue ver que está perdendo seu tempo?

— Cristina, sua mãe anda indisposta, se fosse alguma coisa grave o pastor ia levar no médico.

— Ela está completamente amarela, pai, completamente, não fala nada, mas ela está com medo. E o senhor viu ontem, o pastor não vai levar no médico.

— Ele sabe o que faz.

O bambu se parte, ele pega outro.

— Pai, o que houve com o senhor?

Ele não responde. Talvez eu precisasse ser mais direta. O que fez o senhor abandonar a gente assim?

Estou na mesa encerada da sala, um pedaço de broa, um copo de café com leite, a bíblia ao centro. A escada do sobrado range, meu pai desce, para no primeiro degrau, não era para estar em casa a essa hora. Fica me olhando, está sem camisa, o cabelo ensebado deixado na testa, como nunca vi. Perdeu volume na cara, está estranhamente velho. Pai, o que houve com o senhor? Que bom que chegou, Cristina, meu amor. Graças a Deus.

Minha mãe escuta da cozinha, bate a chaleira com força na pedra da pia, vem até a sala. Tem uma criança à beira da morte por causa dessa menina e é assim que você fala,

Sebastião, graças a Deus? Ela retira o copo antes que eu termine, manda que eu vá para o meu quarto. Depois, silêncio, na casa, no ônibus, na lavoura, no meio desse labirinto, nesse chão de farpas de bambu. Atropelou o menino. Foi o que houve com ele? Não bastaria dizer atropelei um menino, minha filha, ele bateu a cabeça no banco do ponto de ônibus, infelizmente, um acidente. Acidentes acontecem, pai, a vida é assim. Não é? Não pode deixar o menino lá, onde ele caiu, e tocar para a frente, seguir com os dias? Consegue deixar? Por que não me responde?

— O que houve com o senhor? Por que não me responde?
— Você não sabe nada da vida. Será que não pode dar sossego, ser como as outras meninas?

18. as folhas em branco

Tento ser como as outras meninas há três dias. Cumpro meu trabalho na casa do pastor, faço o que determina dona Carolina, cuido da minha mãe à noite. Fico reparando nelas, pegando seus embornais de pano para seguir para a lavoura, suas saias compridas, algumas riem enquanto conversam na porta da igreja. Quando cheguei já estavam aqui, em duplas, em trios, bordando sob a mangueira, brincando de ser mãe de crianças menores. Queriam como eu viajar até o mar e nunca disseram nada? E tatuar um inseto no corpo? Já tinham beijado na boca de um menino, de outra menina, ou não? No que pensavam no escuro do dormitório? Por que me olhavam daquele jeito? O que diziam aos obreiros nas suas confissões? Diziam a verdade, ou mentiam como eu? Eu deveria ter perguntado ao invés de assistir de fora elas virando mulheres juntas. Agora é tarde, não confiam em mim e eu não confio nelas.

Acho que não consigo mais tentar ser como elas. Se minha mãe decidir secar nessa cama até virar um cadáver vou ficar assistindo? Quero tomar as folhas brancas das bíblias das moças para as minhas aranhas, mostrar para Júlia seus órgãos, provar que sei onde fica cada detalhe, seu coração, seu pulmão em formato de livro, composto por lamelas empilhadas, pulmão foliáceo.

Minha mãe se vira na cama, Efigênia resmunga ao lado.

— Irmã Efigênia, está acordada?

Ela não responde. Agora é um bom momento. Posso pegar a tesoura, uma bíblia sobre a pilha de roupas e cortar a folha fina rente à cola. Deveria pedir a elas, se você não estiver usando, mas quase escuto o riso debochado às escondidas, se espalhando no refeitório, na lavoura. A mãe nessa situação, e a maluca desenhando aranhas. Não sou mesmo como elas. O que fariam com folhas em branco? Posso pegar mais uma bíblia, cortar as folhas, ninguém se move, devolvo para a prateleira. Depois mais uma, mais uma. Um barulho oco vai me assustar do fundo do dormitório. Será que alguém me observa? Eu de pé, a violadora da palavra, diria. Minha mão direita tremendo de fraca, a tesoura pendurada entre os dedos. Os sonos não parecem tão pesados. Vou esconder as folhas que tirei de debaixo da pilha de roupas. Me deito, transpiro frio, espero que o barulho se repita, tudo quieto. Acalmo minha mão acariciando meu corpo, sentindo a pele fina e redonda. Posso fazer um envelope de pano para guardar os desenhos, bordar a palavra aranhas na frente, dependendo Júlia acha bonito. Não tenho caixas de madeira, não tenho alfinetes como os que se usam em insetos, mas pode haver uma graça na pobreza, tem rico que acha. Talvez Júlia ofereça algum dinheiro por isso e mostre depois para uma velha caridosa que encomende mais, aranhas desenhadas em folhas de papel de seda, vindas direto de uma seita no interior de Minas, e as emoldure em vidro antirreflexo, e as pendure na sala da casa de praia. Talvez eu vire uma artista, se tiver força de vontade e um pouco de sorte. Sempre existe uma saída, um modo de conformar a realidade, basta querer, não é?

Domingo está chegando e ainda não tenho as amostras de bordado para Júlia. A manhã completa desfez a névoa sobre a várzea, aparecem as rachaduras no terreiro seco, minhas unhas roídas, e a verdade de que não me adiantam aranhas desenhadas em folha de papel. Disse para ela que as mulheres daqui precisam de ajuda para vender os bordados, ela espera que eu me comporte como alguém normal e faça o combinado. Não pense que sou ingênua, Júlia, que acho que tenho o direito de estar perto de você sem apresentar um motivo, que não sei como o mundo funciona. Se não conseguir as amostras, deixo a Fazenda Modelo para a próxima semana, ou será que desisto? Esquecer essa besteira e arranjar um dinheiro emprestado, minha mãe vai acabar aceitando tratamento quando os enjoos ficarem fortes demais.

Antes que coloque a mão nela, sinto cheiro de urina, a camisola encharcada e ela dormindo sem perceber nada. Marina classifica pedrinhas por tamanho na cama ao lado, vai formando uma fila torta sobre a colcha. Efigênia vem dos fundos do dormitório com lençóis limpos. Ela se acostumou rápido, encara tudo sem sofrimento, a alimentação e a limpeza da minha mãe, as tarefas divididas comigo, um trabalho mais leve que a lavoura, apenas isso.

— Vamos ter que dar o banho antes do café, me ajude aqui a levantá-la — Efigênia comanda.

Dou um beijo na sua testa por hábito, como se ela pudesse acordar com essa suavidade, como se pudesse acordar com a urina descendo por suas pernas, se espalhando no colchão até o meio das costas, e depois começo a balançar seu ombro com força.

— Mãe, levanta, a senhora está mijada. Mãe, acorda, vamos tomar banho.

Ela se apoia em meu ombro, hoje está mais leve que ontem. O calor da camisola molhada atravessa minha camisa limpa, chega frio na minha pele, e vou sentir esse cheiro amarelo o resto do dia. Ligo o chuveiro, pela primeira vez a ajudo a tirar o trapo florido que veste. Aparece um corpo que não quero ver, cheio de feiura, veias roxas no seio murcho, a pele se dobrando sobre ela mesma, as estranhas manchas vermelhas em formato de teia. Desvio o olhar para o chão.

— Quer que eu te ajude com a calcinha? — pergunto, fingindo que não estou constrangida.

— Não precisa, eu consigo.

Ela entra na cabine.

— Estou esperando aqui fora, qualquer coisa é só chamar.

Da porta do banheiro, vejo Efigênia levantando o colchão molhado para colocar no sol. Pego em um dos lados, três dedos de espuma vagabunda, vamos pelo beco lateral no sentido do quintal dos fundos.

— Irmã Efigênia, não vai fazer as amostras pra eu levar? Hoje já é sexta, vou no domingo.

— Lá vem você. Não está dando tempo, não está vendo? Vou pegar encomenda como? Vê com a irmã Solange ou com a irmã Lúcia.

— Quando o pastor for embora eu fico com a minha mãe, você vai poder bordar, se quiser divide com elas.

— Não estou entendendo essa sua cisma com esses bordados. Não pagam isso que está achando, não. Você está querendo é passear nessa fazenda, não é? Está se engraçando com o irmão Jeremias? Pode me contar.

— A moça lá, dona da fazenda, está precisando de bordadeira, e eu fiquei de ajudar, só isso.

Chegamos no quintal, apoiamos o colchão na parede, Efigênia já vai se virando para voltar. Desisto das amostras? Desisto de Júlia? Daqui também vejo o contorno da Serra do Espinhaço, nunca tinha reparado. Será que ela lembra de mim? Será que pensou no meu rosto, por um momento, nesses dias imensos? E quando o mês passar, quando chegar o último dia? A Fazenda Modelo me aparece absurda, distorcida, borrada, tento empurrar com os pés esse bicho desfigurado para fora daqui. Efigênia pega o beco de volta, a serra se esconde atrás do telhado do dormitório.

— Posso te perguntar uma coisa? Você acha certo o que o pastor falou? Pedir pra todo mundo se conformar assim?

— Você está pensando demais. Anda, irmã Cristina, não dá pra ficar de papo não.

Efigênia vai até a área de lavar roupas, um cimentado com um cano exposto saindo do chão, pega um balde vazio, eu atrás.

— Você sabe que é a única amiga da minha mãe, não sabe?

— Ela também é minha única amiga. Vai ficar aí me vendo trabalhar? Sua mãe está lá sozinha.

— A senhora não repara, mas não tenho a quem pedir.

— Deixa de rodeio, minha filha, pode falar.

— Quando a irmã Ritinha ligar, a senhora pode pedir um dinheiro emprestado pra ela? O pastor falou que vai ter vaga pra mim em Montes Claros, mas minha mãe tem que sarar pra eu poder ir.

— Você está achando que Ritinha guarda dinheiro? Não é assim, irmã Cristina. O que fazem no restaurante vai tudo para a Igreja, para ajudar os outros, é igual aqui.

— Não recebem na cidade? Nada?

Efigênia anda na frente, entra no dormitório, pega os lençóis sujos no chão e coloca no balde, para de pé ao lado da cama onde Marina está, me olha firme.

— Não precisamos de dinheiro, temos tudo. Você também não precisa, filha.

— Preciso para levar minha mãe no médico! A senhora não está vendo?

Marina levanta os olhos assustada, a boquinha miúda.

— Irmã Cristina, acalma seu coração, não precisa gritar. Se ela quisesse ir, mas não quer. Estamos aqui para viver a palavra de Cristo, para ajudar uns aos outros.

Um barulho vindo do banheiro interrompe o que eu ia dizer. As pernas frouxas da minha mãe, o chuveiro, o chão molhado. A irresponsável deixou a mãe sozinha. Estava fazendo o que, essa menina, que não estava olhando a mãe? Corro, bato na porta da cabine, com força.

— Mãe, mãe!

— Está tudo bem, não foi nada, só escorreguei.
— A senhora consegue levantar?
Ela geme, ouço o barulho do peso revirando na poça.
— Consegue alcançar o ferrolho? Mãe, o ferrolho, tenta abrir a porta.

O braço dela se debate mole na madeira, demora, a porta abre. O corpo caído sobre os joelhos, encolhido, ela olha para mim. A água escorre pelos cabelos brancos compridos, espalhados nos ombros, no peito e no rosto, um fio vermelho vivo desce do cotovelo pele afora.

Onde entro nisso? Fecho a torneira, impeço que afogue, cubro suas vergonhas, a ponho de pé o mais rápido possível para que não rumine sua miséria, estanco a ferida com a calcinha usada, enquanto o vermelho morre na boca do ralo, invisível. Não, nada disso. Paraliso. Reparo na brancura manchada caída no chão cheio de gretas, impregnadas das sujeiras das outras. Não é tão ruim que ela pague um pouco por ser estúpida. Está vendo o que é estar morrendo? Você gosta de não conseguir levantar sozinha? O que acha de deixar seu sangue inteiro sair por esse talho? Sua egoísta. Quer provar para meu pai que também acredita nessa salvação, nessa poeira? Quer me prender aqui até quando?

— Vai me deixar aqui caída?
— Machucou, mãe? Você está sangrando.
— Não foi nada.

Fecho a torneira, pego a toalha, coloco na frente de seu corpo, enquanto a puxo pelos braços, ela se equilibra de pé, espera eu tomar as outras providências, como se eu existisse para resolver a imundície que sua carne podre vai fazendo. Enrolo seu cotovelo com a toalha de rosto, Efigênia chega.

— Não falei que ela não podia ficar sozinha? Tudo bem, irmã?

— Essa menina não está bem da cabeça — minha mãe responde.

— O que houve?

Efigênia toma a frente, espreme o cabelo de minha mãe com a toalha, seca com rapidez seu corpo, examina o corte no cotovelo, eu assisto parada.

— Seria bom se desse uns pontos — diz enquanto envolve de novo a ferida com a toalha. — Pressione firme aqui, irmã Cristina, já volto.

Minha mãe não me olha, fica calada, vai me castigar agora, já sei. Não vai me perdoar por trinta segundos de espera, caída no chão, não foram mais do que trinta segundos imbecis. Ela mantém a cabeça imóvel virada para o basculante trincado. Mentalizo, me perdoa mãe, por favor olha para mim, diga eu te entendo, não está fácil para você. Nada. Não funciona.

Efigênia faz um curativo preciso com um saco alvejado, como quem tem prática nisso.

— Dá um jeito nesse banheiro, deixa que eu ponho ela na cama.

A toalha velha encharcada de sangue dentro da pia, o trapo florido da minha mãe em cima, o chão respingado. O banheiro já foi um bom lugar para chorar, a intimidade de um espelho, a segurança da porta trancada, aqui não é assim, se controle, ou vão saber. Abro a torneira da pia e um filete de água turva vai misturando o vermelho nas flores gastas, sobe o cheiro das minhas primeiras menstruações, escondidas, dos meus cortes por dentro. A Fazenda Modelo se aproxima como meu bicho carente, se aproveita, oferece abrigo entre seus pelos, um segredo só nosso. Júlia. Seria calma e minha, mas não está aqui. Não consigo mais, e as lágrimas ganham, tento não fazer barulho, pelo menos isso. Um choro descontrolado, quase sem motivo, e teria certeza de que minha mãe tem razão, de que não estou bem da cabeça.

Efigênia chega, me vê debruçada, segurando na borda da louça, a água cor de rosa quase entornando. Ela fecha a torneira, põe a mão aberta na minha cabeça.

— Não chora, minha filha, não foi culpa sua.

Ser tocada, ainda que de leve, e uma onda grande de choro me ameaça. Me concentro na água baixando, quero que Efigênia recue, que não me embarace com seu conforto decorado, que não se esforce para dizer o que pode ser dito em qualquer tragédia, quero que finja em silêncio que entende que sofro diferente dos outros, que minhas razões são maiores.

— Tenha paciência, foi um corte de nada, coisa à toa.

Poderia dizer para ela, não estou chorando por isso. É que tenho que dar um jeito de ir embora daqui. Estou chorando porque ir para Montes Claros não vai resolver meu problema, preciso de dinheiro para voltar para minha cidade, para ter um banheiro trancado, para nunca mais ter que chorar na frente de ninguém. Poderia dizer, tire por favor a mão da minha cabeça.

— E outra coisa, filha, essa história de morar em Montes Claros é uma ilusão, posso te falar porque sei o que Ritinha aguenta lá, não vale a pena. Já ouviu dizer que às vezes não vemos o que está perto? Você precisa olhar em volta, uma moça linda como você. O irmão Jeremias, por exemplo, é um bom rapaz. Olha só, acabei de me lembrar, tenho umas amostras de bordado guardadas, você pode ficar com elas. Vá dar umas voltas com o irmão Jeremias, vai te fazer bem.

— Não é isso.

— Então é o quê?

— Deixa pra lá.

— Quer as amostras ou não? Vá passear, se arruma bem bonita, tenho certeza que vai se sentir melhor — ela acaricia meu rosto, seca as minhas lágrimas escorridas. — Não mereço um sorriso?

Sorrio para ela. Efigênia não é como minha mãe fala, não tem só cicatrizes. Ela me dá as amostras, ponto sombra, cambraia pele de ovo, quatro retalhos com flores, arabescos, iniciais, não tem como Júlia não gostar. Ela cuida do café da minha mãe, o que seria tarefa minha, espero sentada na cama ao lado, e ela conta histórias sobre enxoval, amor correspondido, casamento bem arranjado, diz que já reparou que seus bordados têm um poder, uma coisa engraçada, o casal que deita na cama feita com a linha que ela reúne não se desfaz. Minha mãe escuta calada, mastiga bem devagar, ignora a tentativa de Efigênia de dissolver a dureza dela.

Seria bom se existissem coisas como poderes em bordados, em pedras coloridas, futuro escrito em cartas ou na palma da mão. Ouço Efigênia como se estivesse intrigada com o seu dom de amarrar os destinos, me diverte um pouco fazer de conta que acredito nessa inocência, e minha vontade de chorar acaba. Guardo as amostras dos bordados, ela me entrega o prato com meio pão de sobra, jogo para o cachorro parado na porta e sigo o dia, o dia seguinte também, esperando pelo domingo.

19. a rede

Enquanto caminho apressada sinto o cheiro da lavanda que Efigênia me arrumou, as amostras seguras em uma bolsinha de crochê. Jeremias desce da kombi, abre a porta para que eu entre, coitado. Minhas mãos suam postas na perna, penso no contorno da Serra do Espinhaço, no gelo boiando no copo de limonada, no gato se esfregando nos peitos de Júlia.

Estou sentada em um banquinho em frente ao redondel. Procuro no entorno, ela não está por perto. As pontas dos meus dedos estão dormentes, a Fazenda Modelo aparece ocupando os vasos do meu corpo, os corredores vazios. O cavalo roda ao passo na minha frente, Jeremias acelera, na altura dos meus olhos o finco da espora cutuca o couro do animal, a cada volta mais escuro, molhando de suor. Não vim aqui para isso. O calor levou o cheiro da lavanda, o sol levanta o do estrume de cavalo, que entra na trama do algodão da minha camisa nova, na bolsinha de crochê à espera de Júlia no meu colo. Levanto e saio quieta, aproveito que o cavalo está de costas e aperto o passo, quase corro. Ouço o cavalo bufando, um relincho, continuo, não vou olhar para trás.

Viro na estradinha depois da sede, no fim da pequena reta vejo alguém na borda da capoeira. O jeito de mexer a cabeça, o modo de andar, é ela. Agora está fora do vestido fresco, usa calça comprida, um boné na cabeça e carrega uma longa haste com uma rede na ponta. Posso chamar. E se não me escutar ou fingir que não me escuta? Se eu atrapalhar seu trabalho ou seu descanso? Uma moça tola como eu. Está cedo, mas o suor já ensopa meu colarinho abotoado, meu cabelo deve estar emplastrado, cheirando a kombi velha, a cavalo. Ela vai, os braços brancos, uma garça, mais um pouco e faz a curva, mais um pouco e não vejo mais.

— Dona Júlia!

Ela se vira, os lábios dela como previ, meu estômago dolorido, fincando na farpa do arame.

— Cristina! Vem cá, dá a volta ali na tronqueira!

Ela indica o caminho, acho que gostou de me ver. Entro no trilho recente, feito na capoeira com foice e facão. Ela espera parada na sombra de uma árvore, virada inteira para mim. Não sei se sorri ou se esconde um riso de ver pelejar minha saia comprida entre os galhos partidos, meus chinelos nos tocos que ficaram da roçada. Se a conhecesse saberia dizer, mas não sei. Mais uns passos, chego perto dela.

— Está com pressa? Não quer me dar uma mãozinha aqui? Te ensino como se faz.

— Lógico, dona Júlia.

— Se você me chamar de dona mais uma vez eu nunca mais falo com você — ela diz sorrindo.

Tira a mochila das costas, pega um pequeno envelope de papel, uma pinça de metal e me entrega.

— Você tem medo de inseto?

— Nenhum. Não tenho medo de nada.

— De nada?

Ela sorri de novo, toma a frente do caminho, tenta várias vezes com a rede sobre uma moita na lateral, até que encontra uma borboleta branca sem graça, torce a rede, pede para mim o envelope.

— Você tem que pegar pelo tórax, com cuidado pra não encostar as asas no tecido da rede.

Ela tira a borboleta devagar, prende o corpo dela entre os dedos.

— Pra sacrificar tem que fazer uma leve pressão, não pode apertar demais, senão explode o abdome.

Vejo bem de perto, no meu rosto o calor que sai do seu pescoço molhado, as pernas da borboleta param, as asas ficam abertas, inspiro enquanto seus dedos brancos apertam, o perfume, prendo a respiração, o cheiro dela. Tento reter como posso. Está aí uma memória ingrata, fugidia, incerta, vou querer voltar e não vou conseguir. O cheiro do xampu do cabelo de Felipe, das algas manchando as ondas, não vou conseguir voltar. Sabe o que é não conseguir voltar? Ela me ensina a apertar a barriga desse bicho bobo, concentrada, regulando milímetros de pressão, como se alguém num raio de duzentos quilômetros ligasse para isso, como se eu, agora, pudesse ligar para isso. Júlia, me ensina como faz para voltar para um tempo, para uma pessoa que não está lá? Como se mata a vontade de uma lembrança?

Ela encontra uma outra borboleta, depois outra. Move os braços abruptos, circulares, para baixo, para cima, me comove seu desajeito, uma beleza improvável, a manhã já na metade e não me canso. Ela pede o envelope, eu atendo, ela acomoda a borboleta morta, ela anda por um trilho apertado, vou atrás. Chegamos em um pomar de jabuticabeiras, muitas, antigas, os troncos tomados de flores. O campo de algodão vai ficando antes da porteira, seco, muito depois da estrada o dormitório coberto de teias. Ela pega outra borboleta, preta e azul, cintilante, contorce a rede e me sorri mais uma vez. Nada daquela poeira existe, nada daquilo jamais existiu, só esse sombreado, essas flores verdes se desfazendo dos pés.

Agora ela captura uma preta com manchas vermelhas.

— Vi uma como essa na fazenda, mas com uma formação na asa, parecendo uma cauda, bem diferente, você precisa ver.

— Sério? Deve ser a rabo-de-andorinha, nunca imaginei que seria encontrada por esses lados.

— Tem muitas delas lá, perto da represa.

— Quero ir lá ver. Está vendo como posiciono a mão?

Observo, a sequência dos movimentos, posso fingir que ligo para isso, enquanto memorizo as ranhuras de sua pele, os detalhes de seus dedos. Não sou essa moça de colarinho abotoado, Júlia, sei como encontrar borboletas que você não conhece. Eu me visto assim por acaso, foi um acidente, poderia usar botas como você, ter todo esse equipamento, ser sua ajudante, ter sua sorte, seu cheiro, seu corpo macio, sua língua.

— Você gosta da fazenda onde mora, Cristina?

Ela aperta o inseto entre os dedos. Meu peito comprime um pouco. Para quê essa pergunta?

— Está sendo difícil viver lá.

— O trabalho é muito pesado?

— Não é só o trabalho, é viver lá mesmo.

— Vocês são de onde?

O trilho se abre, ela espera, passa a andar ao meu lado.

— De Juiz de Fora. Meu pai era motorista de táxi, e ficava muito tempo fora de casa, queria uma vida nova.

— Falam que é um projeto muito bonito, esse da fazenda, que tirou as pessoas das ruas, do alcoolismo, essas coisas, que o pastor ajuda muita gente.

— Não gosto nem um pouco de morar na roça.

Ela não responde, acho que eu não devia ter dito, amolar a moça me queixando da vida, ninguém gosta. O que ela tem a ver com isso? A quirela quase azeda, a mão do pastor no cabelo da minha mãe.

Uma brisa dá no pomar, move o cheiro das flores, ela dobra o envelope, escreve o nome da espécie e a data de hoje. Hoje, esse quase vento fresco. O que posso querer mais?

— Por aqui. Está com sede? Tem uma mina logo ali.

Saímos do trilho, chegamos numa grota rasa, ela tira o boné, enfia a cabeça na poça, a água escorre, desfaz o opaco da sua blusa de malha, eu não posso, mas como quero olhar. Suspendo um pouco d'água na minha mão em concha, o gosto é de ferrugem, seus peitos, devem ser maiores que os meus. Ela bebe, passa a mão molhada nos braços, senta de pernas cruzadas sobre uma pedra que margeia a poça, como fez no meu sonho. Se eu não usasse essa saia poderia sentar de pernas cruzadas ao seu lado e ela apoiaria a cabeça na minha perna, como no meu sonho. Mas fico de pé, minha boca constrangida no ocre, na sede que não passou.

— Por que você não vai embora então? Já tem idade, não tem?

— Eu vou embora. É que minha mãe está doente, estou esperando ela melhorar.

— O que ela tem?

— Ainda não sabem direito.

É o que basta, não vou dizer, meu pai era um homem metódico e nunca dormiria ao volante. Tem uma hora que o cérebro falha, não importa o que se faça ele vai errar, bastam duas noites sem sono, Júlia. Não vou contar que não cheguei numa noite e nem na outra e meu pai não conseguiu esperar, dirigiu procurando, fora da cidade, nos becos, nas bocas, e seu carro subiu na calçada onde estava um menino, enquanto eu transava na beira do mar. E que os vizinhos me viram dentro da viatura da polícia entrando na nossa ladeira sem saída. Foi andar com um marginal, onde já se viu? Não vou contar que não pagam nada no restaurante da igreja, que meu plano não vai dar certo, que não sei como vou fazer para ir embora.

Ela fica me olhando, seu cabelo curto, sua blusa molhada, meu coração comprimindo. Quem sabe essa pressão na parede do tórax passa antes que eu conte a ela que ando ouvindo coisas? Quem sabe isso passa antes que meu abdome exploda? Posso dizer que prefiro não falar disso, pedir que me aperte mais levemente, e ela vai saber de mim apenas meu gosto por aracnídeos, meu talento com os desenhos e, depois, bem no fim, eu seria capaz se ela quisesse. O resto não sou eu, o resto não vou contar.

— Estimo suas melhoras.

— O quê?

— Que sua mãe melhore.

— Ah sim, obrigada.

— Vamos voltar para a trilha, agora é sua vez.

Enfio a mão na rede e pego uma amarela, comum, bem pequena.

— Pelo tórax, Cristina.

A retiro intacta.

— Agora vai apertando, até ela parar, você vai sentir.

— Assim?

— É, pode apertar mais. Se você tiver pena dela não vai funcionar.

— Mas essa não é daquelas bem comuns? Por que você vai sacrificar?

— É só um indivíduo, a ciência não funciona assim. O que importa é a população. Você quer aprender ou não?

— Eu sei como a ciência funciona.

Aperto, de uma vez. Talvez não tenha ideia de como a ciência funcione, certamente não são potes com álcool e tarjas de esparadrapo, mas covarde eu não sou.

— Você estudava em Juiz de Fora?

— Estudava. Ciências era minha matéria preferida.

— Sempre foi a minha também.

— Eu estudo aracnídeos.

— É mesmo? Está ligada a alguma universidade?

Fecho o envelope, entrego para ela, olho para as minhas unhas dos pés, manchadas de poeira. Será que está debochando de mim?

— Estudo por minha conta, estou fazendo uma pesquisa de campo, na fase de coleta, focada na incidência da população das diversas famílias dessa região do Cerrado.

Quanta estupidez, focada na incidência, coitada de mim.

— Quem diria, eu encontrar aqui uma colega!

Ela recolhe a rede e se vira para a trilha, anda na minha frente, não fala mais. Já temos um pacto que esse vazio não vai desfazer? Ou devo dizer alguma coisa, provar que sei do que estou falando, que não estou mentindo? Os aracnídeos representam o segundo maior grupo do reino animal, sendo superado em número de espécies apenas pelos insetos. Não vou ter outra oportunidade, não vou conhecer outra Júlia, não posso errar.

O trilho chega na estradinha reta, se abre diante dos canteiros de gerânios, nada me vem que seja conveniente. Agradeço a manhã tão agradável? Digo que gostaria muito de voltar? Não sei como as meninas fazem de onde você vem, Júlia. Olho de relance sua tatuagem, enquanto ando um passo atrás. Fale alguma coisa, eu, infelizmente, não sei o que dizer.

— Você já fez preparação e classificação de insetos? Se você quiser vir domingo que vem pra passar o dia, posso te ensinar.

— Eu adoraria, vou tentar vir.

Ela vai comigo até o canil para se despedir, entro na kombi, é meio-dia, dou por mim com as amostras na bolsa, do mesmo jeito que vieram, quando Jeremias dá a partida no motor.

— Júlia, as amostras!

Ela faz sinal para Jeremias esperar e entra correndo na casa. Volta logo depois com uma sacola pesada, os lençóis dobrados, pede a Jeremias que abra a porta e coloca no banco de trás.

— Escolhe por mim, o nome dele começa com A.

20. o lápis

Jeremias diminui a velocidade. À frente, a sombra de uma figueira atravessa a estrada, ele vai parar. Vai tentar encostar em mim suas mãos gigantescas. Desliga o motor da kombi, me olha ressabiado debaixo do chapéu novo. Não precisa se preocupar, não espero nada de você, sei que não sabe bem o que vai dizer, que nunca fez isso antes. Ele abre o porta-luvas, pega dois lápis que estão sobre uma bíblia.

— Olha o que arrumei pra você, a borracha já vem junto. Para suas aranhas.

— Não precisava.

Examino o lápis, testo no dedo sua ponta fina. Ele espera um beijo de novo. O cheiro de cavalo não é ruim, nem esse dente faltando, é um moço trabalhador. Estou errada de não ver nada disso. Estudo o anel de lata que segura a borracha, não consigo decidir. Me olha como se esperasse uma resposta. Rodo os lápis, aliso o sextavado da madeira pintada, são os melhores que já tive. Ele está com o corpo torcido, meio virado para mim, dá para ver a depressão na pele vermelha, acima do colarinho desabotoado, brilhando, subindo e descendo rápido. O vento forte levanta a poeira na estrada, desprende uma folha da figueira imensa e a joga contra o vidro da kombi, põe medo nela. Jeremias não se move um milímetro, um esteio. Espera. Eu poderia encostar o mundo nele e aguentaria. E se some de mim para me esquecer? E se começar a se esconder nas baias para não me ver? O que vai me sobrar? As mãos gigantescas no volante, essa kombi velha, mas que ainda anda para a frente.

Ele enxuga o suor sobre os lábios com as costas da mão esquerda e depois a coloca de novo no volante. Reparo no molhado que fica nela, um enjoo, acho que não vou suportar.

— Esses lápis são muito bons. Onde conseguiu? Também preciso de papel.

Queria ter um terço da ingenuidade dele, um décimo da sua fé. Ele abaixa as pálpebras, abaixa, relaxado, arruma alguma coisa no pedal da kombi, aceita a exigência. Foi seu erro não comprar os papéis, acha que é por isso, que tem a chance de um dia esvaziar seu desejo dentro de mim, de tirar sua roupa na minha frente, de que minha língua toque seu dente faltando. Queria ter metade da arrogância dele. Me arrumo, apoio as mãos no painel, veja, nossa conversa acabou, pode arrancar com essa kombi velha.

Um outro barulho vai se misturando com o da figueira, vejo pelo retrovisor, um jipe brilhante vem tocando uma música alta, emparelha com a kombi e para. Um rapaz de cabelo no ombro como os de Felipe exibe o músculo tatuado em cima da janela do carro, me dá um sorriso branco. Ao lado, uma mocinha estica o pescoço para me ver, óculos escuros, lata de cerveja na mão, brincos esbarrando nos ombros. Falam, a gente não escuta, abaixam o som, falam de novo. Procuram a cachoeira linda que tem para esses lados, aquela com o escorrega. Jeremias explica pausado, avisa que é perigosa, que já morreu gente lá, agradecem, a moça estica o pescoço de novo para me ver. Riem, antes da hora, enquanto o jipe segue devagar. O moço dá socos no volante balançando o tronco, ela vira para trás, dá a última olhada, guardam na memória, para contar na volta, as figuras que somos. Só vendo aquele pessoal da igreja que encontramos num buraco perto da cachoeira. Esse jeito do Jeremias falar, eu vestida assim, um par perfeito. Só eu não acho.

Fico imóvel, até Jeremias na sua idiotice percebeu que riram de nós, não preciso dizer, agora sim somos cúmplices, não posso negar. Vejo Jeremias acelerando a kombi e batendo na traseira do carro deles, Jeremias pega o moleque pelo pescoço e o ensina com suas mãos gigantescas a respeitar os outros, apenas um soco de Jeremias e o moleque ensanguentado pede perdão. Mas Jeremias não é assim. Ele me estende uma garrafinha plástica de água quente pela metade, eu recuso, ele liga a kombi.

Cinco minutos depois damos com o jipe parado no meio da estrada, longe, acho que no fim da última reta antes da fazenda, alguém de pé ao lado, um movimento nas portas, o rapaz desce. Agora dá para ver, alguém segura um corpo, um menino. A moça desce, dá a volta, abre a porta de trás do jipe. O homem grisalho com o filho no colo.

— Que merda é essa? O que o irmão Waldir está fazendo aqui?

Jeremias acelera, buzina ao mesmo tempo, não olham, o homem grisalho com o menino no colo chega perto da porta, vai entrar. Jeremias buzina de novo, direto, sem parar, o homem grisalho olha, mas entra no jipe assim mesmo. O rapaz e a moça ficam parados do lado de fora, esperam para saber o que Jeremias quer, buzinando daquele jeito. Ele para colado no jipe, desce, passa pelo casal, vai até a porta, eu desço atrás.

— O que está acontecendo? Irmão Waldir, pode sair daí!

— O menino está passando mal, vamos dar uma carona pra ele até a cidade — o rapaz fala.

— Ele é meu amigo, pode deixar que eu resolvo.

Jeremias está firme como um pastor.

— Obrigado, irmão Jeremias, mas eu vou com eles.

— Não vai nada. O pastor não permitiria uma coisa dessas. Vem que eu te levo.

O homem grisalho desce do jipe, o rapaz finge que insiste, vê o tamanho de Jeremias e que ele sabe mandar, não tem vontade de rir. Frederico, o menino, está desfalecido no colo do pai, os ossos apontando nos joelhos e na maçã do rosto. A moça, assustada com os olhos fundos do homem grisalho, com sua roupa antiga amassada, corre, me dá uma garrafa de água mineral de dois litros, muito séria, caso precisem. Poderia até parecer aborrecida não fosse o biquíni por baixo da camiseta, a pele tão bronzeada. Eles se despedem, se precisarem de alguma coisa estamos à disposição, sentam no banco de couro do carro, fecham as janelas, ligam o ar-condicionado. O sol reflete inteiro no capô brilhante, não tem uma nuvem no céu, um dia perfeito para cachoeira.

Jeremias tira a sacola com os lençóis do banco de trás, me entrega, pega Frederico do colo do pai, o acomoda deitado na kombi, entramos os três, ele manobra para fazer o retorno.

— O que aconteceu, irmão Waldir, você na beira da estrada? E o irmão Antônio? Não está lá? — Jeremias pergunta.

— Está.

— Por que não pediu pra ele te levar?

— Não dá mais.

— O que não dá mais, homem?

— Preciso sair daqui, mas não tenho nada. Não tenho salário, não tenho comprovante, não tenho nada. Eu trabalhei todos esses anos, cinco anos, eu trabalhei cinco anos, e não recebi nada, nenhum centavo. Não tenho pra onde ir.

— Seu filho vai melhorar, você não precisa ir embora.

A kombi pega a reta de volta. O vento sai da estrada, bate no homem e no seu filho, levanta o que está na superfície das roupas deles, da pele, o suor agarrado, já seco, a poeira, os respingos de urina, deixa tudo suspenso na kombi onde eu respiro. Olho para trás. O que estou fazendo aqui? O corpo dele balança, isso não é bom, o movimento pode aumentar a desordem celular, tornar o problema irreversível. O homem sustenta a cabeça do filho com as duas mãos abertas, tenta amortecer os baques da estrada. O menino não segura os lábios fechados, seu braço escapa do banco, sua mão encosta no assoalho, roça na sujeira que sempre está ali, as costas da mão, seus dedos finos arranhando, seu pai não vê. Olho a estrada, o caminho de volta para a Fazenda Modelo, ela tenta aparecer para mim, bate de leve na porta do meu quarto, quero que entre, mas não consigo abrir.

— Eu quero ir embora — o homem fala.

Olho para ele, ele olha para o menino.

— O senhor vai receber seu dinheiro, não vai? Ouvi o pastor falando, vai dar tudo certo.

Ele não me responde.

— Irmão Jeremias — o homem grisalho chama.

Jeremias o encara pelo retrovisor.

— O irmão Antônio decretou minha morte.

— O quê?

— Ele chegou perto de mim e falou, Waldir, você vai morrer. Falou na frente do meu filho, falou, se falar no dinheiro da sua casa de novo você vai morrer.

— Não é possível uma coisa dessas, você deve estar confundindo, irmão Waldir, ele não disse isso — Jeremias folga os pés do volante, a kombi diminui a velocidade, ele olha para trás.

— Você avisou ao irmão Antônio que estava saindo?

— Ele decretou minha morte.

Estremeço, aperto com força os lápis que ainda estão na minha mão, a cara dele é só olhos, as pupilas dilatadas. Antônio, a respiração no meu ouvido, Jesus Cristo te sara, te livra dos pensamentos impuros. O vermelho esquenta meu pescoço, minha cabeça, contraio inteira, percebo a madeira do lápis ferindo minha pele, olhos enormes do homem tentando fugir balançando nesse carro velho.

— Como vou embora sem nada?

— Não posso te levar sem avisar.

Jeremias para a kombi.

— Não volta, pelo amor de Deus! — o homem pede.

— Desce, Cristina, estamos pertinho. Você sabe chegar, não sabe? Avisa ao irmão Antônio que fui levar o irmão Waldir e o menino no hospital.

Não respondo, acho que sei chegar, devo pegar a estrada para o lado de lá.

Jeremias abre o porta-luvas, me entrega a bíblia.

— Vai logo, Deus te proteja.

Estou de pé, parada, a kombi arranca. A poeira assenta, a cerca de mourão do mato segue para os dois lados, toda vida, em volta só pasto. Começo a andar, um pássaro solta um grito longo, depois outro diferente, nada mais, o sol cala o resto. Nenhum cavalo, nenhum motor, ninguém escutaria meus gritos, levo a mão no bolso da saia, me pergunto de novo por que não providenciei uma faca. Antônio decretou a morte do homem grisalho. Será? Jeremias disse, você deve estar confundindo. Confundindo o quê? Penso nas estacas na grota. Uma ameaça pode ser só uma ameaça. Antônio não teria coragem, nunca. Ele subindo para a lavoura, o galão de água nas costas como se não fosse nada, me dá um sopro no ouvido como se falasse uma obscenidade, ele roda o passarinho pela pata. Não teria coragem?

A bíblia e os lápis suam a minha mão, parece o som do trator de Antônio, olho para trás, nada, estou ouvindo coisas, acelero o passo. Aperto a bíblia, peço, quem sabe serve para alguma coisa? Se for um homem a cavalo, um homem em uma bicicleta, ninguém vai ouvir meus gritos. A porteira deve estar no final da reta, corro, para lá, para Antônio, para minha mãe amarela sobre a cama, corro de volta, para meu pai rachando os bambus.

21. a comadre

— Tia Cristina, estou com medo.

Sinto a mãozinha sem peso de Marina no meu braço.

— Quer deitar comigo? Vem cá.

Abro espaço na minha cama, aconchego as costas de Marina no meu peito, tudo escuro.

— Tive um pesadelo muito ruim.

A voz trêmula, quase um sussurro.

— Quer me contar? Pode me contar.

— Sonhei que a represa tinha virado um lago cheio de fogo, que você estava do outro lado.

— Olha, estou aqui pertinho de você.

Dou um beijo em seu rosto, sinto seu corpo ainda rígido.

— O que é isso que o pastor falou que o fim está chegando?

— Isso é bobagem, modo de dizer.

— Mas ele não disse isso?

— Não é que o fim está chegando mesmo, é que os problemas vão ser resolvidos, é isso.

— Minha mãe disse que quem for mau vai pagar.

— Você não tem que pensar nessas coisas, isso é coisa de adulto.

Alguém revira na cama, Efigênia solta um chiado, pedindo silêncio.

— Querer sair daqui é ser mau, tia Cristina?

— Silêncio, as duas — Efigênia determina.

Ainda bem, não saberia responder. Poderia dizer, depende, Marina, meu doce, você ainda não tem como ser má, eu pode ser que seja, dependendo do que quero abandonar. Aperto bem o braço dela por baixo do meu, o envolvo com a mão, a pele que aqui ainda pode estar descoberta, até que menstrue, que lhe cheguem as regras. Sinto seu punho fino como uma taquara, cantarolo muito baixo, em seu ouvido, uma música que tem seu nome, que lembro quase toda. Tem uma música linda com o seu nome, Marina. Está vendo como você é importante? Não tem que se preocupar com essas coisas que eles te falam. O ombro dela amolece, os ossinhos fincando, como os do menino na kombi, os dedos dele raspando no assoalho, o pai não vê. O que terá sido deles, o homem grisalho e seu filho? O corpinho tão mínimo de Marina, que mal me atrapalha na cama, quanto aguentaria doente? Ela dorme, a ponho de volta na cama dela.

Estico o último lençol. Estampa cor-de-rosa desbotado, manchado, se acomoda na corda de náilon desfiada, o cheiro que o sol da manhã tira dele é limão e erva do mato, do sabão caseiro que se usa aqui. Volto com o balde vazio, se passar por trás, consigo chegar no dormitório dos homens sem que ninguém veja, todos estão na lavoura, minha mãe me espera, mas isso não vai me atrasar mais que cinco minutos.

Chego na porta lateral, imprensada em um beco formado pelas paredes do dormitório e do galpão de ferramentas, está fechada com um ferrolho por fora. Encosto o rosto, procuro com o olho a greta, do outro lado só uma parede. O ouvido, a atenção, se alguém se mexe lá dentro, o homem grisalho dando água para o menino, uma colher que bate em um prato de sopa com carne, bem forte, ele sentado, limpo, sorrindo. Não escuto nada. O que terá sido deles? Penso em colocar a mão, destravar essa porta, chamar, irmão Waldir, precisando de alguma coisa? Decretaram a morte do homem, pelo amor de Deus. Olho em volta, um pouquinho, e já ouço patas. Jeremias vem de longe, esse sujeito me persegue, só pode.

— O que que você está arrumando aí, irmã Cristina?

Jeremias desmonta da égua, passa por mim, abre a porta, eu fico olhando lá dentro.

— Vai entrar no dormitório dos homens, irmã?

Ele entra, eu espero ali na soleira, do lado da égua, ele volta com um alicate na mão.

— Onde está o irmão Waldir com o filho dele?

— O quê?

— O irmão Waldir, ué?

— Não estou entendendo o que você tem a ver com isso.

Ele passa, fecha a porta, monta de novo na égua.

— O Frederico já melhorou, esquece essa história. Escuta o que estou te falando, esquece.

— Eu tenho direito de saber o que está acontecendo.

— Direito?

Ele ri, a égua sapateia, dá uma volta, ele ri.

Ele está rindo de mim. Jeremias não vai rir de mim.

— Também quero saber o que você fez com aquele potro que você matou. Você entregou o dinheiro para o pastor?

O riso dele some, como imaginei. Me olha aflito, eu não devia ter falado. Se ficar com raiva de mim, a montagem dos insetos que Júlia me prometeu e quero tanto, seus dedos de novo. Ele desce da égua, a segura pelo cabresto.

— Somos amigos ou não somos?

Ele fala baixo, como quem confabula sobre um assalto a banco. Como é idiota esse rapaz.

— Estou falando pra você esquecer essa história do irmão Waldir para o seu bem.

— Quer saber? Nem me importo.

— Então está ótimo, vamos embora daqui.

Ele sinaliza para que eu passe na frente, está enganado se acha que vou obedecer assim, a troco de nada.

— E domingo?

— O que tem domingo?

— Posso ir com você?

— De novo, Cristina? Não sei.

— O pastor nem está aqui.

— E sua mãe, quem vai ficar com ela? Não é você que está olhando?

— Já pedi pra irmã Efigênia.

— Você gostou da moça da fazenda mesmo, né? Ficou pra lá com ela o tempo todo. Cuidado, essa gente não é como a gente.

— Está com ciúme?

— Vou sair às oito, não posso atrasar.

Ponho o balde do lado da cama dela, ela fala que não precisa, que consegue chegar no banheiro, mas eu que sei o que é ficar limpando chão respingado. Tudo que faço ela diz que não precisa, é a única coisa que fala para mim, desde aqueles segundos imbecis olhando para ela caída, debaixo daquele chuveiro miserável. Me acomodo na ardósia do chão que é mais fresco, assisto daqui seu sono, escuto o barulho do seu estômago revirando, procurando alguma coisa dentro dele, o resto das duas colheres de quirela que aceitou de almoço. Fecho um pouco os olhos, as jabuticabeiras, a água tirando o opaco da blusa de malha dela, a Fazenda Modelo, domingo. Não me importo com o homem grisalho, posso não me importar. Ela geme, abro os olhos, ela mexe as pernas, senta, segura na cabeceira da cama, faz que vai levantar, finge que não sabe que estou aqui.

— Estou aqui, mãe. Aonde a senhora vai?

Ela suspende o corpo, se escora no ferro da cama, dá um passo bambo, me levanto, me ponho ao lado.

— Não precisa.

Paro e ela continua muito devagar, arrasta os pés descalços, a camisola mal-ajeitada grudando no suor do corpo, vai precisar de mim de novo, aí esse não precisa vai ser pior para ela. Pouco importo, espero, faço minha obrigação e fico a meio passo dela. Só quero que não se mije nas calças e me faça limpar. Dá outro passo, ainda mais devagar. Vence o vão, chega na próxima cabeceira. Vejo que ela tenta apertar a mão com força, virar o corpo para usar a outra mão, abaixa um pouco a cabeça.

— Estou zonza — ela diz.

Chego perto, ponho meus braços por baixo dos dela, sinto seu corpo amolecer inteiro.

— Mãe, mãe!

Seguro seu peso, pequena e extremamente magra. Respingos molham meus pés, que logo estão afogados na urina que desce das pernas dela. Eu chamo, balanço um pouco seu corpo para que volte, nada. A levo arrastada até a cama ao lado, seu pescoço pende entregue, a ponho deitada, chamo de novo, ela não atende. Chamo e seus olhos se abrem, em outro lugar.

— Mãe, tudo bem?

— Quê? — ela responde, ainda aérea.

Sento a seu lado, espero, reparo no rastro que sai da poça no chão, ela deitada sobre os cabelos embaralhados, sujando uma cama que não é dela, a boca pálida, toda amarela. Vai voltando, me encontra, busca meu braço com a mão.

— O que houve, Cristina?

— Acho que a senhora desmaiou.

Pego a mão dela, seguro, quase encosto meu rosto no dela. Estou aqui, sou sua filha.

— Mas não tem problema, tá, mãe? Vai ficar tudo bem, vou dar jeito em tudo. Só espera um pouquinho seu corpo voltar.

Efigênia me ensina como posicionar a comadre, por baixo da camisola, não precisa deixar sua mãe despida, é muito sacrificante pra ela ir ao banheiro, não vale a pena.

Quem dera se realmente não me importasse. Mas posso repetir para mim mesma, a cada vez que ela chama, pouco importo, como se não soubesse como ela detesta depender de mim. Agora ela deu para agradecer, fala obrigada, minha filha. Melhor que não me falasse nada. Por duas vezes eu ainda disse, vou procurar um hospital, eu vou dar um jeito. Se fizer isso eu morro antes, foi o que respondeu.

22. os alfinetes

Júlia tira as botas e as ajeita no degrau de mármore, coloco minhas sandálias ao lado, meus pés suados na tábua corrida, a poeira virou barro entre os dedos. Júlia pisa com sua meia branca. Ela faz que acredita que estudo aracnídeos, mas sei que reparou nas minhas unhas encardidas, essa pobre moça fingindo ser o que não é.

Pergunto por sua mãe antes de atravessar o corredor, ela responde que ela não está, vai demorar. Avanço pela sala, vejo o envidraçado quase encostando no teto distante quatro metros do chão e no meio um lustre de cristal.

— Esse lugar já foi de um barão. Aqui aconteciam as reuniões, se chamava sala dos homens.

Paro no centro, olho para o teto, o lustre sobre a minha cabeça, Júlia ao lado me espera séria.

— Não gosto desse salão, acho que tem uma atmosfera estranha, às vezes sonho com escravos limpando esse lustre, me olhando entrar na casa, até arrepio.

Aranhas moram nas gretas do dormitório, uma sombra atravessa o telhado, Antônio decretou minha morte, o homem grisalho falou. Se soubesse onde eu durmo não teria medo daqui. Essas paredes dobradas, isso é só pedra, barro e tinta, não tem ninguém aqui. Deve ser a solidão, Júlia, o motivo da sua angústia. Posso ficar mais tempo, se quiser, até a noite, esperar que durma, amanhã também, o resto dos dias. Me ajeito em qualquer cômodo dessa casa limpa e bem fechada, nesse salão se for preciso, você me empresta uma roupa assim como a sua, uma tesoura ou uma faca para os meus cabelos. Vamos conversar no escuro, sei de algumas coisas que podem te comover, o nome de um sol milhares de vezes maior que o nosso, que um menino encontrou nas Ilhas Maurício um exemplar de uma flor dada por extinta. Júlia, aprendi como ter sonhos lúcidos, que é controlar o sonho inteiro se você não sabe, você pode voar numa cidade entre os prédios espelhados, no meio de um desfiladeiro se preferir, fecha os olhos, vou te mostrar.

Olho para ela, uma corrente finíssima em seu pescoço capta o dourado que atravessa a tarde e entra pela vidraça. Uma joia dessa não aguentaria um dia de algodoal, se embolaria nos lenços, acabaria entre caroços e impurezas, como nós. Uma menina de cidade. O que eu poderia dizer que ela e a universidade dela já não saibam? E os museus, e os namorados cientistas? Os meus recortes decorados da revista Curiosidades da Ciência, desbotados, com detalhes perdendo o foco. Olho para ela, essa correntinha de ouro, eu serviria de cão de guarda, isso sim, calada, poderia ser isso, naquele canto seco do salão, não no meio, ali, bem ao lado da porta, fico deitada, isso eu posso ser. Deixe que eu fique, só isso. Olho para ela, talvez meu cheiro a incomode.

Atravessamos o salão enorme, um sofá atual, de braços quadrados, está sozinho em um dos lados, Júlia fala que aquele foi o último cômodo a ser reformado, que sua mãe reclama da lerdeza dos pedreiros e diz que seria bom viver naquela época em que se tinha quem trabalhasse direito. Isso é coisa que se diga, Cristina?

No final de um outro corredor Júlia para em frente a um pequeno altar, eu atrás, a luz da sala não chega nesse ponto, as asas em sua nuca se camuflam, cinzas, ela estende seus braços segurando a mochila cheia de insetos mortos para uma Santa de madeira olhar, e faz o sinal da cruz. Entramos no quarto dela, as cortinas brancas partem o sol e o vento ao meio, se movem delicadas, sob medida, o quarto iluminado, sinto o cheiro do mesmo sabão em pó, os lençóis. De um lado, uma cama muito antiga, sob um trabalho fino de crochê e, de outro, uma bancada improvisada, uma porta em cima de cavaletes, para onde Júlia caminha, e, na parede, um cartaz sem molduras, preso com fita adesiva, com fotos de borboletas e seus nomes científicos.

Júlia tira os envelopes da mochila e põe sobre a bancada. O algodão da minha blusa roça na sua pele úmida, vejo, não sinto. Penso nas frestas finas da cortina, ninguém pode ver aqui dentro. Ouço um eco de gotas caindo em algum lugar. Meus genes. Em alguma casa gotas podem cair de propósito? Alguma coisa se faz em gotas na cozinha? Um doce, um licor, com um aparelho que se inventou durante os anos em que estive naquela fazenda?

Ela pega o esticador de madeira, duas pequenas tábuas paralelas com um vão no meio, começa a fincar no corpo de uma borboleta com um alfinete.

— Você tem que inserir o alfinete verticalmente no tórax, formando um ângulo de noventa graus com relação ao eixo longitudinal.

Ela ajeita o corpo da borboleta no esticador, o tórax no vão e as asas sobre a madeira.

— Você tem que usar a pinça pra colocar na posição correta, devagar, porque as asas são estruturas frágeis que podem rasgar com facilidade. Tenha cuidado pra não apoiar os dedos nas escamas, pra não deixar suas digitais.

Gotas caem em algum lugar, estilhaçam metálicas, não ouço o viscoso do melado nelas.

— Já pensou em estudar em uma instituição? Você é muito nova, ainda está em tempo.

— Você acha?

— Acho. Posso te ajudar se quiser.

Ela abre as asas da borboleta, ela fica como se estivesse viva, como se pudesse voar. Insetos sentem dor? Esse não sente, se tem uma coisa que posso dizer com certeza é que esse não sente. Nunca mais vi Felipe. Nunca ouvi uma voz como a de Júlia. Ainda está em tempo. O metal no tórax pela segunda vez. Os bordados ainda estão atrasados, existe a mínima chance dela desistir desse casamento e vir morar nessa fazenda, posso provar que fantasmas não existem, que não vale a pena deixar um amor passar.

Sinto meus dedos dormentes, ouço gotas caindo em algum lugar.

— Está ouvindo, Júlia? Parece que tem algum vazamento.
— Deixa, depois eu vou lá.

Ela pega o segundo alfinete, encontra a extremidade da asa. Talvez eu seja ainda muito nova, talvez esteja em tempo.

— Sabe, Júlia, acho que minha mãe está só piorando, não quer tratar. Não sei mais o que faço. Eu estava pensando, se sua mãe pedisse na prefeitura para irem lá na fazenda acudir. Será que tem como?

Ela me olha, com os dedos contendo a borboleta.

— Ela está lúcida?
— Está, completamente lúcida.
— Por que não quer tratar?
— Queria, agora parece que entregou pra Deus, não quer mais. Entregou mesmo, assim, coisa da igreja.
— Então é complicado, ela é maior de idade, não é responsabilidade sua. A gente tem que respeitar. Tem algumas coisas que fogem do nosso controle, Cristina, não tem jeito.

Digo que é muito fácil falar isso? Digo, não me leve a mal, mas é muito fácil respeitar o que não te atinge. Tento argumentar? Se minha mãe estivesse esperando ser levada por um extraterreste, ser curada em uma nave espacial, iriam deixar que esperasse ou achariam que precisa de tratamento para cabeça? É diferente, vai responder, existem provas de que Deus existe. Mesmo se no fundo ela concordasse, para que iria dizer que entende o que eu digo? E ter que se mexer desse lugar onde está tão bem instalada, onde pode deixar vazar cisternas inteiras sem que nada lhe aconteça. Olho para ela, sinto meus dedos dormentes.

— Você sabia que os olhos desenhados nas asas atraem os predadores pra esse ponto? Eles picam aqui e a cabeça fica preservada. É perfeitamente possível ela viver com as asas diláceradas. Não é incrível? — ela diz.

É incrível viver com as asas dilaceradas, voando baixo em formas confusas, debatendo no chão. Júlia, deixa eu te perguntar uma coisa, minha mãe teve os olhos perfurados, os de verdade, entraram na cabeça dela. Isso é responsabilidade minha ou não? Júlia pega outro esticador, outra borboleta, começa mais uma vez. Deixa as gotas caindo, não se importa. Você é muito nova. Até quando se é muito nova para isso que ela está falando? Meu pai é novo ainda para ficar sozinho quando minha mãe se for? Sebastião, um carro detonado assim não vale nada, pago a metade da tabela. E isso, é responsabilidade minha? As tardes vazias no sobrado, minha ladeira sem saída, a máquina da minha mãe fazer o tempo passar longe de mim. A proposta de Felipe, seus músculos duros, relaxa, você não está fazendo mal a ninguém. Sonhar com seus dedos, Júlia, desabotoando minha camisa. Minha mãe deitada naquele amarelo me disse para não perturbar meu pai. Para sua Nossa Senhora Aparecida, o que disso tudo é responsabilidade minha?

Gotas caem em algum lugar. Júlia me dá a pinça, manda que eu acabe o que começou e sai do quarto para checar a torneira. Mais uns segundos e escuto a água correr inteira, um cano completo, meu pai cava valetas na terra dura. Na fazenda água é pouca, não tenho banheiro, não tenho desodorante, todos estão com medo do demônio, mas eu não sou assim, está bem? Posso ser sua amiga, sou uma moça exatamente como você. Ela volta toda molhada, vai para outro lado do quarto, vejo que abre o guarda-roupas, fico de novo de costas, o peso da calça de brim caindo encharcada no assoalho. Imagino. Prometo que não vou olhar.

Ela chega do meu lado em um vestido fresco, me diz o que fiz certo e o que fiz errado, me conta da faculdade de biologia, fala do estágio no laboratório de borboletas e mariposas da universidade, para onde você vai um dia, Cristina, você vai ver. Júlia, para, fica quieta, eu não vou conseguir sair daqui, vou sentir sua falta.

O intervalo entre as gotas diminui, estão prestes a se emendar, o eco aumenta o volume de novo e Júlia ignora, pega o alfinete, seu lábio entreaberto. Não suporto seu lábio assim, não consigo suportar. Ela transfixa o corpo. Meus dedos endurecem dormentes. Felipe para sobre minhas coxas sujas de areia, meu pai levanta o machado bem no alto, bate com todo vigor que um homem pode ter, posso rasgar a linha do tempo, deixar todos lá, na parte por onde já passei.

Vou respeitar a crença da minha mãe e esperar que ela faça efeito, me vincular a uma instituição, ir atrás de você. Vou colaborar para um mundo melhor. Não choro mais, não peço mais. Não que eu queira a morte da minha mãe, mas tem algumas coisas que fogem do nosso controle.

23. o documento

Um mingau seria melhor no estado dela, mas não consigo fazer mingau aqui. Chego perto da cama, o ronco baixo com os dentes da frente aparecendo, não vai aceitar esse cuscuz. Eu chamo, ela resmunga. Se ficasse sem comer morreria mais rápido. Levanto a cabeça dela com uma das mãos.

— Mãe, bebe um pouco, faz uma forcinha.

Ela contrai o pescoço para me ajudar, dá uns goles no café. Olho para o relógio, faltam doze horas até que as outras estejam de volta, deixo que durma de novo.

Antônio decretando a morte dos outros, não acredito, o homem grisalho estava muito cansado, deve ser modo de dizer, morrer de cansaço, algo assim, o homem deve ter confundido. Pego um dos lápis que Jeremias me deu, corto a folha branca das costas da bíblia dele, me sento no chão debaixo da janela, onde uma luz bate, precisa, no meu colo, sinto a moleza do cansaço, mas minha cabeça não dói. A borboleta que encontrei para os lados da represa é um inseto feio, o dia seguinte de uma lagarta negra, que pode ser uma praga, destruir lavouras, matar gente de fome, mas tem nome de rabo de andorinha, Júlia me falou. Começo na parte de cima da asa direita, o lápis risca. Não desejo que morra. Uso a borracha, essa parte do tórax é um pouco mais fina, um milímetro para dentro. Talvez para ela morrer seja mesmo melhor. Mais um milímetro para dentro. Acabar logo com isso, pôr um ponto final. Como sei desenhar bem, Júlia vai ver, como tenho uma memória privilegiada, vai dizer. Minha mãe tem alguma razão para querer continuar? Enfeitar sacos alvejados com fios coloridos? Subir para a lavoura querendo uma palavra de meu pai? Me ver ruborizar diante de Antônio, minhas carnes aparecendo no pano da saia, escapando do controle dela. Vai ficar aqui esperando para ver o quê? Eu fazer uma besteira, eu ser quem eu sou, sair de madrugada, ganhar a pé essa estrada de terra para nunca mais. A asa está perfeita, um contorno cheio de arestas, Júlia vai gostar. Há de existir um céu para minha mãe, com um lugar para sentar. Tento fazê-la dar mais um gole de café, ela não aceita, não é culpa minha.

Vou levar essa borboleta para ela, negra, cinza, branca, nessa folha fina, a melhor coisa que já desenhei. Posso escrever embaixo: Para Júlia, com carinho. Não seja ridícula. Examino as amostras, Júlia não vai gostar dessas, as flores rebocadas, não acho que a letra A combine com a letra J, mesmo se combinasse, não vou escolher isso. Escolho arabescos e geométricos, ela é o tipo de moça que gosta de geométricos.

O dia passa, varro o dormitório, lavo as roupas das meninas, tento dar umas colheradas de arroz com quirela, coloco a comadre, pergunto a minha mãe alguma coisa sobre as plantas de que ela cuidava na casa, aquela que a senhora usava para os nervos, ela diz, não me lembro mais.

As outras voltam, já é noite, antes que achem seus lugares e façam o que têm que fazer, dona Carolina manda que todas saiam como estão, Antônio espera na igreja e tem uma notícia importante. Você também, irmã Cristina.

Todas as notícias importantes que recebi na vida foram ruins.

O pequeno palco está cheio, Antônio manda ao microfone que se acomodem. Atrás dele os obreiros colocam mesas plásticas umas ao lado das outras, arrumam papéis, abrem embalagens de canetas.

— Irmãos, começou. O que temíamos, a razão pela qual viemos pra cá está acontecendo lá fora. Estão inoculando o chip da besta em todos, a partir daí não haverá como escapar, todos serão monitorados. Precisamos tomar umas providências para que não nos tirem daqui, para que não nos tomem esta fazenda, que é o lugar onde estaremos seguros. Conversei com o pastor, os irmãos sabem que ele está sendo perseguido pela falsa justiça dos homens, ele pediu que eu dissesse a vocês o que fazer nesse momento de intensa provação. Vejam, é possível que o juiz peça esses papéis, não podemos ceder aos que estão tomados pelo mal, aos incrédulos, aos que servem ao demônio, temos que estar vigilantes. O apóstolo Pedro adverte: sede sóbrios e vigilantes. O diabo, vosso adversário, anda ao redor, bramando como um leão, procurando alguém para devorar. Atenção, a palavra diabo é do grego e significa "difamador", "caluniador" ou "aquele que acusa com falsidade", Satanás é expert nisso, ele quer perseguir os crentes, maldizê-los, transformar a verdade em mentira e a mentira em verdade. Não podemos nos abater, vamos usar nossa inteligência a serviço de Jesus. Aqui estão uns documentos, nunca precisamos disso porque estamos fincados na verdade, mas agora é necessário. Os obreiros vão mostrar e todos vão assinar. É para provar que vivemos em comunidade, que não há mentira entre nós. Se perguntarem, é isso que devem dizer, que não tem pastor nenhum aqui.

Estou sentada na lateral, atrás de uma mulher grande. Antônio para, os dedos entrelaçados segurando o microfone encostando no queixo, checa a organização dos papéis sobre as quatro mesas. Ele faria com suas próprias mãos? Manda que o homem grisalho o siga até a grota, diz pegue um machado e uma pá, o homem grisalho mesmo carrega, se quiser que seu filho seja poupado. Olho bem para Antônio, não tem cara disso.

Todos se amontoam em frente às quatro mesas em uma fila arrastada, os obreiros de pé mostram o que todos devem fazer, quem não assina molha o dedo na tinta preta e põe no papel, ninguém lê, mesmo quem sabe não lê. Subo no palco, quase minha vez, olho para baixo e vejo meu pai misturado entre os últimos na porta da igreja, anda de um lado para o outro, parece nervoso. Há quanto tempo não escreve o próprio nome? Em um bilhete ou em um formulário qualquer. Vai saber o desenho das letras? Vai lembrar da sequência correta, sem esquecer nenhuma? Sebastião Oliveira da Silva.

— Irmã Cristina, sua vez — Antônio fala.

Ele coloca o dedo sobre o X que o obreiro acabou de fazer na folha. Aqui, assina aqui.

— Posso ler?

— Não temos tempo pra isso.

Olho para a cara dele, esqueceu as obscenidades, está sério, pelo movimento na mandíbula dá para ver que aperta os dentes. Eu apertaria meus dentes se estivesse perto de matar alguém. Antônio não tem cara disso. Lembro do formato da minha cara no espelho, vermelha. É preciso ter uma cara específica para matar alguém? Uma cara de assassino?

Escrevo meu nome sobre a linha marcada no papel, tivesse ficado na cidade e, a essa altura, teria uma assinatura de verdade, com os traços da minha personalidade. Agora uso essa letra infantil, que pode ser das outras moças, de qualquer uma.

— Irmã Cristina, leve pra sua mãe assinar, e não preencha a data — Antônio determina.

— E meu pai? Posso pegar a assinatura dele?

— Pode, não demora. Cuidado com esse papel.

Atravesso a igreja, encontro meu pai, mordendo os lábios, alisando os cabelos, e o chamo para ir comigo.

— O irmão Antônio pediu para pegar a assinatura da mãe e a sua também.

Ele me olha aliviado.

Entramos no amarelo do dormitório e minha mãe está sob uma lâmpada só, fraca. Ela não percebe o barulho da porta abrindo, não percebe nossa presença, anda quieta nos últimos dias, quase não me incomoda. Já de longe meu pai segura o passo, essa mania dela de dormir com as mãos cruzadas sobre o peito, como vamos todos acabar, com as mãos cruzadas sobre o peito. Ele não a vê há uma semana e não poderia dizer que está surpreso se a encontrasse morta.

— Elenice.

Ele chama baixo, coloca a mão seca e dura sobre as mãos úmidas dela, agacha ao lado da cama, minha mãe abre os olhos, embaçados, ainda ausentes.

— A Cristina chegou da rua?

— Ela está aqui.

Minha mãe sorri para ele.

— Amanhã você me leva na feira da beira do rio? Estou com muita vontade de comer aquele pastel.

— Não tem feira na beira do rio aqui.

— Amanhã não é domingo?

Meu pai olha para mim de pé ao seu lado, entorta um pouco a boca, me pergunta com a expressão do rosto. Não posso responder isso, pai, nunca a vi estranha assim, como se estivesse sonâmbula.

— Estamos na fazenda, Elen.

Minha mãe desvia os olhos para mim, para minha saia comprida, olha para as camas enfileiradas ao lado, para a lâmpada fraca acima da sua cabeça, seu rosto desfaz, perde o traço do sorriso que deu.

— Por que você está aqui, Sebastião?

Ele deveria dizer, vim te ver, saber como você está, mas não vai dizer isso, vai falar a verdade, mesmo para alguém no estado dela, ele vai falar a verdade.

— O pastor precisa de nossa assinatura em uns papéis. Você está com a minha carteira de identidade?

Ela tira as mãos de debaixo das mãos dele, aponta para a prateleira.

— Cristina, no bolso do vestido azul.

Entrego o pequeno embrulho a meu pai. Minha mãe senta na cama, apoio o papel na bíblia que coloco em seu colo, ela assina com sua letra de professora, que um dia ela foi, quando era bem mocinha. Meu pai acha a identidade dele entre as nossas, me espera parado com o documento na mão, depois senta na minha cama, fico ao seu lado.

Minha mãe assiste, curvada, segurando seu corpo, ela não pergunta que papéis são esses nem por que, depois de tantos anos, o pastor precisa de assinaturas. Só fica olhando para a mão dura do meu pai, cheia de cortes cicatrizados nos dedos, segurando a caneta esferográfica nova, torcendo para que ele não se magoe, aposto que é só isso que ela quer, que ele consiga assinar sem errar. Pelo modo como ela olha, quase a ouço dizer, quando conheci seu pai ele estava na plataforma da estação, tão bonito, com o cabelo preto brilhando, igualzinho ao seu, eu vi que ele me viu pela janela e subiu logo correndo no trem só para ficar ao meu lado, na mesma hora senti que era para o resto da vida. Se tivesse forças ia repetir essa história gasta agora, como fez mil vezes, mas hoje eu não zombaria dela, não deixaria escapar entre os dentes uma meia palavra cruel. Isso nunca mais.

Ele vai percorrendo o contorno da letra comparando com o que está em seu documento, um traço tremido, com a força mal medida, no cabeçalho da folha eu consigo ler, Associação dos Produtores Rurais da Fazenda Piedade.

Com um pouco de esforço, sob a lâmpada fraca, dá para ler, Artigo 1º – A Associação dos Produtores Rurais da Fazenda Piedade é uma sociedade civil, sem fins lucrativos, que se regerá por este Estatuto e pelas disposições legais aplicáveis, terá sua sede na cidade de Morro Branco, no Estado de Minas Gerais, o prazo de duração da Associação é por tempo indeterminado e o exercício, Artigo 4º – É objetivo da Associação o exercício de mútua colaboração entre os sócios, visando à prestação, pela entidade, de quaisquer serviços que possam contribuir para o fomento e racionalização das atividades agropecuárias e para melhorar as condições de vida de seus integrantes, com especial ênfase na divulgação de técnicas de produção e manejo, mercado e preços, melhoria de qualidade e de produtividade.

Melhorar as condições de vida de seus integrantes, ênfase nas técnicas de produção e manejo, leio de novo. Estão querendo enganar a gente.

24. o canavial

Uma doença terminal pode durar quanto sem um tratamento? A partir de quando se pode dizer que alguém está mesmo morrendo? Aqui, um bicho doente começa a morrer no dia em que para de beber água, daí é mais uns três dias, se Antônio não resolve o sofrimento com uma paulada antes. Já uma pessoa, eu não sei, nunca acompanhei a morte de ninguém. De ontem para hoje minha mãe não comeu nada, dona Carolina mandou colocar açúcar e sal na água, para ajudar a firmar, até o espírito reagir. Fico imaginando o que um espírito pode fazer quando decidir reagir. Não seria melhor se minha mãe decidisse reagir? Ela dizer para o meu pai o horror que é perceber que não tem mais fome, que o seu querer está indo embora misturado às fezes líquidas? Tenho limpado parte da sua vida que escapa pelo intestino desobediente, as manchas vermelhas tomando conta, o que poderia indicar quanto tempo tem ainda de vida, se tivesse um médico para olhar. Essas manchas em sua pele em formato de teias de aranha, que é uma coincidência estranha é, mas é óbvio que não tenho nada a ver com isso, não tenho culpa dessa doença. Um choro seco indica desidratação extrema, uma vez vi na televisão uma mulher ensinando a cuidar de um bebê. Mas isso não vai ser útil porque minha mãe não costuma chorar.

    Duas medidas de sal e uma de açúcar. Ou é o contrário? Hoje não teve Cristo que fizesse minha mãe tomar um gole de café. Entro na cozinha do refeitório, enfio a caneca de lata no tonel de plástico, água de mina, só para beber. Estou desconfiada dessa água. Seria um jeito fácil de matar todo mundo se Antônio quisesse. Aproximo a caneca do meu nariz. Existe algum veneno que se possa pôr na água e que não tenha cheiro de nada? O pastor disse que a passagem para o céu se paga com a vida. Vida de quem? Tomo um gole, não tem gosto de nada.

    Ouço um barulho de motor, olho pela janela da cozinha. O azul ainda não apareceu no céu, amanhece devagar, muito cedo para o caminhão da agropecuária, muito cedo para Jeremias estar saindo. Já estou ouvindo coisas. Misturo o açúcar e o sal com uma colher. Ninguém vai poder dizer que não cuidei dela até o fim. Um enxame de abelhas pode fazer esse barulho parecido com o de um motor. Chego de novo na janela, o campo imenso de plumas maduras, nada de insetos. Algodão se vende por arroba, ali há muitas, o caroço também tem valor. Se todos morressem quem faria a colheita? Não tem nada de errado com essa água.

    A porta da cozinha se abre antes que eu chegue perto dela, aparece dona Carolina vestida ainda de camisola.

    — Larga isso aí, corre aqui, vem ajudar.

Seus cabelos estão desarrumados, o rosto brilhando de suor, ela me espera sair e passa na frente, adiante vejo o terreiro ainda vazio, no meio do caminho o rastro de bambus subterrâneos, que meu pai cavou ontem mesmo. Está dimensionado tudo direitinho. Paro, olho para baixo, o vermelho revolvido. Dona Carolina quase corre.

É minha mãe? Chegou a hora? Vão finalmente carregá-la para um hospital, ou não é mais preciso?

Sinto o chão mexido sob a sola fina. A grota, antes que os outros acordem, só pode ser isso, uma vala em meio às outras. Minhas pernas doem pesadas, afundam até as coxas na terra que meu pai afofou, movediça, tecidos, ossos, cabelos. Um, dois, três, vamos Cristina, não é hora de vacilar, é preciso fazer o que tem que ser feito, o vestido azul, ela ia querer que pusesse nela o vestido azul. Dona Carolina anda rápido, as canelas riscadas de mato, determinadas, tenho que ir atrás, falta pouco pra esse meu destino acabar. A Fazenda Modelo me encosta seu beiço molhado, essa foi a escolha de sua mãe, me puxa, não deixa que eu desapareça. Começo a andar, não vai ser difícil, é só não pensar em nada. Vestido azul. As sandálias de couro podem ficar para mim, ela não se importaria de estar descalça.

— O que houve, é minha mãe?
— Não, sua mãe está bem. Anda, vem.
— Não é minha mãe?
— Não escutou? Sua mãe está bem.

Era para eu sentir alívio, minha mãe está bem, procuro, mas o que sinto não é alívio. Tento voltar, desfaço o que pensei. Minha mãe está bem. Que diabos essa mulher corre tanto? Meu pulso aflito porque quase corro também, dessa grota, dessa ideia de morte que me persegue, meus genes.

Daqui vejo lá embaixo, o barulho de motor vai aumentando, no fim da várzea, uma nuvem imensa de poeira vermelha está suspensa na estrada, se aproximando rápido.

— Mandei as irmãs levarem as crianças para o canavial, é pra ficarem quietas na estradinha do meio até eu ir chamar, você vai lá ajudar.

— É o Conselho Tutelar de novo? Mas a essa hora da madrugada?

— É a polícia, irmã Cristina, estão atrás do pastor. E fica avisada, todo mundo quieto, ninguém abre a boca. Se chegarem lá, já sabem, somos uma comunidade, uma associação, não tem pastor aqui. Entendeu? As crianças estão fora da escola, mais nada.

— Atrás dele por quê? E minha mãe?

— Eu fico com ela. Só faz o que eu estou mandando.

— Mas por que eu não posso ficar?

— Vão fazer perguntas, você não vai saber responder. Ajuda a controlar os meninos, está tudo combinado com o irmão Antônio, é pra obedecer.

A polícia. Deram fim no homem grisalho? Vão vasculhar tudo. Você está com seus dias contados, dona Carolina, e sua maldade também. A mesma blusa roxa que lava toda noite para suar no outro dia, os calcanhares mais rachados e mais vermelhos do que os meus, essa sim, faz tudo pelo gosto que tem no sofrimento dos outros, ela e suas orações, sua habilidade de ver demônio no corpo, de enfiar calmantes na minha mãe. Me agrada ver sua aflição andando pelo terreiro vestindo só camisola, seus quartos pequenos e moles, descomposta. Agora sinto alguma coisa parecida com alívio, como se houvesse uma justiça na minha medida, e como se alguém depois desses arames pudesse fazer isso por mim. Passamos em frente ao dormitório dos homens, tudo desocupado às pressas, a porta escancarada, passamos em frente ao outro e ao outro. Dona Carolina entra no nosso dormitório, minha mãe com certeza está lá sem se dar conta de nada. Vão encontrar o corpo do homem grisalho ainda fresco, as impressões digitais de Antônio, no facão dele com resquícios de sangue, por ordem do pastor, ele vai confessar. Vão desenterrar daquela grota cada filho de Deus enrolado na lona de silagem, identificar desaparecidos, os que pagaram com dor os pecados. Essas terras vão ser repartidas, cada pedaço para uma família. Acabada essa igreja, vou voltar para minha cidade. A manhã cresce, como nenhum deles pode evitar, a luz do sol penetra nos veios fundos da Serra do Espinhaço, desse lado da fazenda a vejo completa, como sempre esteve e nunca vi, de pé tomando o horizonte inteiro, só agora olho para ela desse jeito, caminho e olho. É escura na sombra, mas é azul no pedaço que o sol bate.

Quando chego, as crianças já estão sentadas até o fim da minha vista, umas trinta, uma camada grossa de palha solta cobre o beco estreito, ando rápido olhando para as paredes vivas. Marina me vê de longe e vem correndo em minha direção, abraça minha barriga. Me sento no chão na frente das crianças, coloco Marina sobre minhas pernas. Todos sabem que precisam ficar quietos, já estiveram ali outras vezes se escondendo, para não serem mandadas para escola, para que os incrédulos não capturassem suas almas. Uma irmã pede que orem, de cabeça baixa, em silêncio.

Tenho horror desse canavial, não vou abaixar minha cabeça, o ruído que faz aqui, o que pode aparecer desses muros de repente sem que ninguém perceba e o que se pode fazer ali dentro, sem ser descoberto. Antônio traria o homem grisalho para cá para matá-lo, Jeremias me arrastaria para cá se cansasse de tentar me conquistar, se perdesse a paciência comigo.

Olho para trás, as crianças sentadas em fila, nas suas camisas velhas de adulto, maiores que elas. Me viro de volta e me deparo com o homem grisalho na entrada do beco, vivo, de mãos dadas com o filho. Eles se aproximam, sentam ao meu lado, o menino está corado, recuperou algum peso.

O que trouxe a polícia para esse fim de mundo, se não morreu ninguém? Ameaças tem por aí aos montes. Ninguém saiu da fazenda, quem pode ter dado parte do decreto de sua morte? E, pensando bem, mesmo se tivesse consumado, ninguém ia saber. Estão atrás do pastor por quê? Um papel à toa, talvez, umas perguntas apenas. Vão mesmo vasculhar alguma coisa? E se não acharem a gente nesse buraco? E se dona Carolina responder bem a todas as perguntas? O barulho dos motores some, devem ter vencido a porteira e estão parados perto da casa do pastor.

O homem grisalho também não abaixa a cabeça. Me encara, quer dizer alguma coisa.

— Que bom que seu filho melhorou — me adianto.

— É o Conselho Tutelar? — ele pergunta.

— Não, é a polícia. E, pelo poeirão que eu vi na estrada, é muita gente. Dona Carolina disse que estão atrás do pastor.

Ele olha para os pés, para o filho rezando ao seu lado, move a boca falando alguma coisa sozinho. Será que reza também? Me viro para a frente, passo meu rosto no cabelo crespo de Marina. Desgraçado. Foi isso que ele disse? Desgraçado. O homem fala de novo. As paredes balançam, as folhas afiadas cortam a metade de cada lado do caminho. É para eu esperar, como Júlia falou, como dona Carolina falou. O doce da cana atrai os ratos, um ruído pequeno de folha seca perto da bota do homem grisalho, vejo as mãos dele sobre a calça imunda, tão grandes como as de Jeremias. Desgraçado. Ele aperta seus ossos dos dedos uns contra os outros, os punhos cerrados, a pele marrom esticada. Olha para minha cara de novo.

— Eu não vou embora sem nada. Essa papelada que fizeram a gente assinar com esse tanto de gente trabalhando de graça, acham que sou bobo. Entreguei minha casa para esse homem.

— Você sabe por que estão procurando o pastor?

— Olha moça, saber eu não sei, mas pra mim tem a ver com esses papéis.

A palha seca se move, o homem grisalho dá um soco no chão. Uma mulher muito magra, morena e mais velha que eu, logo atrás dele, para de rezar, levanta a cabeça. Olho para o beco, as folhas dobrando, invadindo a passagem. O cabelo de Marina cheira à fumaça, um risco de sebo e poeira na dobrinha do seu pescoço, ela bebê fedendo a merda no ônibus quando viemos para cá. Uma varejeira pousa na minha orelha. Minha mãe vai precisar de fraldas ou aquele colchão vai ficar impossível. As varejeiras vão vir em enxames enormes, tampando a cama dela e a minha. Vou esperar?

— Isso tudo é muita desgraça, menina.

Ele me mostra os olhos, dois poços cheios d'água.

— Era um projeto bonito. Olha esse lugar, moça, essa serra magnífica. Era um projeto bonito, não era? Viver aqui em comunhão, a palavra de Jesus, servir ao seu filho e aos seus pais, lavrar para dar de comer a seu irmão, nada mais. E o que fizeram? Ficaram ricos. Entende?

— Você acha que é por isso que a polícia está aqui?

Ele abaixa a cabeça, recolhe com as pontas dos dedos a umidade dos olhos, seu filho não vê, a varejeira pousa na sua mão, outra chega, fica nos pés do menino. O cheiro de Júlia, as cortinas brancas do quarto dela. Basta este homem falar a verdade, e os policiais vão chamar uma ambulância, no hospital tem enfermeira encarregada da higiene dos doentes, vão simplesmente avisar quando ela se for, não vou ser obrigada a passar um pano úmido na sua pele pegajosa, revirar seu peso largado sem comando, meter nela aquele medonho vestido azul-celeste com o zíper nas costas quase arrebentado, que mal fecha, se bem que isso não vai ter mais importância. Se ele falar, vão vasculhar tudo, repartir essas terras, vou voltar para minha cidade. Levanto os olhos, estão se fechando na minha frente, essas paredes infestadas de ratos.

— O pastor não está, a polícia não vai demorar a ir embora.

Eu falo, ele não responde e esconde a cabeça entre os braços, só vejo o pescoço duro, o corpo tensionado, basta que alguém o dispare.

— Irmão Waldir, você precisa correr se quiser falar com eles.

Ele olha para o filho, o menino ainda de cabeça baixa.

— Falar com quem? Não é pra esperar dona Carolina chegar? — a mulher magra pergunta.

Jogo meu braço para o lado, pego o braço fino do menino e o puxo, trago para perto de mim, envolvo seu ombro amedrontado.

— Pode ir, eu tomo conta do seu filho.

O homem grisalho levanta, acima das olheiras fundas pensa alguma coisa para me dizer, seus olhos pretos refletem, crianças distorcidas abraçam as próprias pernas.

— Deus te pague, moça.

25. o facão

Meu corpo desacostumou, o tecido pesado do embornal marca meu ombro por baixo da camisa, os insetos da tarde infernizam zunindo muito perto dos meus ouvidos, não me lembro de ter sentido isso antes. Todos em fila e não parecem cansados, nem a moça magra do canavial, mais velha que eu, de quem ainda não descobri o nome. Ela está firme e tira a pluma com o mesmo gesto exato, repetido. É preciso aproveitar a luz nos dias mais curtos de julho, deixa de vagareza irmã Cristina, Deus está te observando.

    Antônio, lá do pé do morro, próximo à estrada que desce para as construções, grita para encerrar o dia, todos voltam em direção ao trator já mudando de cor. Um pôr do sol plano, sem nuvem, sem espetáculo, cobre toda a fazenda. Eles conversam, uma moça explica para outra como fazer um doce de figo como você nunca comeu, a mangava é boa para o maracujá, não sabia? Amanhã é lua nova. Enquanto ouço, eu só ando. Já falavam pouco comigo porque sempre fiz corpo mole na lavoura, agora nem uma palavra, eles têm medo de mim.

Não é ruim estar na colheita. Olhar para minha mãe dormindo me cansa mais, colocar a mão perto de sua narina para descobrir se ainda move o ar em volta, a possibilidade a cada segundo, uma, depois a outra. Quero que ela volte, vou fazer tudo o que for preciso, quero que se vá de vez, minha mãe, e tenho que aguentar em mim a maldade maior e mais feia do mundo.

A partir de agora irmã Efigênia cuida da irmã Elenice e você vai para a colheita, dona Carolina diz. Pensamentos impuros afetam nossos entes queridos, foi o que o médico falou. A água escorre e a blusa dela fica transparente, olho, não posso evitar. Foi esse o meu desvio? Vá, homem grisalho, conta para a polícia o que estão fazendo, que tomaram sua casa, que prometeram sua morte. Saiu da minha boca, na frente de testemunhas, isso sim, existiu, a traição, é desse pecado que andam falando. Olho para minha mãe, seu rosto está virado para nós, não sei se entendeu direito. Dentro do dormitório o dia nunca chega por inteiro, os ferrolhos seguram o sol lá fora, talvez uma lágrima esteja ali parada, boiando em sua vista, e eu não veja, ou para ela já pouco importa se é dia ou noite, se estou aqui ou não. A polícia não chama ambulância para quem prefere morrer em casa, e disseram que essa cama no meio desse escuro é a casa dela. Então está bem resolvido. Pode ser que eu fique triste se souber, daqui de cima desse morro, depois de puxar uma pluma, que ela falou meu nome para querer se despedir, tenha juízo minha filha, reze, cuide do seu pai, mas o mais provável é que não fale.

Entro na fila para entregar o último embornal colhido. Antônio, de pé na roda da carretinha, vai pegando das mãos dos outros e despejando dentro da caçamba. Na minha vez, ele manda que eu deixe a sacola no chão. O certo seria eu jogar tudo na cara dele, gritar só um ignorante para acreditar nessa besteira de maldição, mas vejo como me olha, não acredita em nada disso, mal disfarça seu deboche, quer mostrar para aos outros como o demônio atua em mim, como domina o espírito das pessoas. A Fazenda Modelo já ocupa silenciosa meus músculos mais fortes, me amolece com sua língua fria, me ensina a espera, vigiando no canto da sala, não vai ser agora. Deixo o embornal onde ele mandou, nem olho para ele. Você não sabe o que eu tenho, Antônio, não sabe para onde eu vou.

— O pecador espalha a inquietação entre seus amigos, e semeia a inimizade no meio de pessoas que vivem em paz. Não é, irmã Cristina?

Continuo andando.

— Irmã Cristina, estou falando com a senhora!

Antônio levanta a voz. Os outros param, posso encarar Antônio, gritar, eu sei o que quer de mim, quer descobrir se aprendi mesmo a agradar um homem. Ou posso continuar olhando para o chão, ignorar a autoridade dele, como se eu tivesse como voltar para perto dos cabelos ensebados da minha mãe, me esconder em seu quarto de costura, na sua casa de verdade. Levanto a cabeça para ver se apareceu um risco no céu, se um sinal me diz: confia na minha verdadeira palavra, seja justa e sua mãe não verá você sendo expulsa daqui. Mas o céu está duro como o teto da minha antiga sala, mudo como suas partículas de cimento. Ela pode, sim, querer chamar meu nome, para procurar uma agulha que caiu no chão, conferir as medidas da minha cintura, como antes de eu ir para o mar, e posso fingir ser ainda aquela filha sua. Cristina, mais um vacilo seu e se cansam, te colocam em um ônibus sozinha, sem um tostão no bolso, sua mãe vai ficar aqui à míngua, estou avisando, não vou conseguir impedir, Jeremias me disse, mais importante que nunca, meu protetor, aquele imbecil.

— Sim, irmão Antônio, eu ouço o senhor.

— Então vamos todos ficando por aqui, a senhora também.

Antônio sobe no para-lama do trator. De pé, desarregaça as mangas, abotoa os punhos da camisa, ajeita dentro da calça o tecido sujo, úmido de suor.

— Tenho um recado pra dar. Podem chegar mais perto.

Ele grita para os que já iam se espalhando rumo ao terreiro. Todos se juntam próximos da carretinha.

— O pastor determinou que o culto seja suspenso na igreja. Nós passaremos a celebrar a palavra aqui, após a colheita, cada obreiro fará o mesmo com a sua turma — ele começa, a voz empostada imitando a do pastor. — Como vocês sabem a polícia esteve aqui ontem, os incrédulos não aceitam que o pastor difunda os ensinamentos de Cristo nesta fazenda, perpetuam na mentira e querem que a gente faça da mesma forma. Ele está sendo acusado de trazer para os irmãos a palavra, e a palavra causa a ira do maligno, que se apossa da justiça de mentira, da justiça dos homens, para combater a justiça de Deus. Essa justiça proclama aos quatro ventos que estamos acorrentados aqui e que é o pastor quem faz isso contra nós. Estão dizendo que somos todos escravos. Olhem agora uns para os outros. Vocês veem escravos ou veem trabalhadores dignos, junto de suas famílias? Veem pessoas que renunciaram ao mundo de vícios, da luxúria, do consumo vaidoso e da escuridão para plantarem o de comer na paz de Cristo, viverem em harmonia e alcançarem a salvação, ou veem miseráveis mendigando farelos de pão? Tem alguém acorrentado aqui? Tem alguém trabalhando sem querer? Estão vendo armas na minha mão? Eu levanto contra vocês algum chicote, ou podem sair andando nesse momento para onde quiserem? Eles blasfemam, mentem, sem nenhum escrúpulo, para nos enfraquecer e espalhar a discórdia entre nós. Vejam que o mal está cada vez mais próximo, temos que nos proteger. Então vou passar para os irmãos a fala do pastor, ele vai ter que renunciar à presença entre nós para nos proteger da ira dos ímpios, estará em um local seguro até que a tormenta passe e pede que sejamos firmes durante a tempestade e isso será recompensado. Virão vasculhar esse local, como aqui já estiveram, e virão vasculhar entre nós a presença do pastor, a quem querem sacrificar, crucificar, mas iremos protegê-lo, tentarão vasculhar suas almas. Diante de qualquer pergunta, eis o que devem dizer: que nunca houve pastor entre nós, que não temos crença comum que nos une, e estamos aqui apenas pelo que a terra pode nos dar. Soará estranho, doerá esconder nossa razão maior, mas não estarão renunciando a Deus, ao contrário, agora é preciso. Os irmãos, se chamados no fórum, serão inquiridos pela justiça dos homens, não serão obrigados a abrir sua boca para declinar tudo o que lhes foi ensinado porque eles não compreenderão, dirão que viram o pastor poucas vezes, que ele veio nos ajudar com técnicas de plantação e colheita e mais nada. Não veio propagar a palavra de Deus. Assim o estaremos protegendo e protegendo nosso destino do malévolo, que quer penetrar entre nós. Entenderam? É só dizer: não existe culto na fazenda, não conheço igreja nenhuma, o pastor é consultor de negócios agrícolas, e eles se aquietarão, nos esquecerão e a tormenta passará. Compreenderam, irmãos? Se compreenderam, digam comigo, amém!

— Amém!

Todos dizem, menos eu.

— O lábio da verdade ficará para sempre, mas a língua mentirosa durará só um momento! Alguma dúvida?

— Irmão Antônio, tenho uma pergunta — um homem jovem grita do fundo.

— Fale, irmão.

— Não entendi bem, vamos ser chamados no fórum?

— Foi o que eu disse. Não devem ser todos, mas alguns serão chamados.

— E vamos falar com um juiz de verdade?

— O único juiz de verdade está no céu, onde todos nós seremos julgados.

— Mas não corremos o risco?

— Risco de quê, menino?

O rapaz hesita, esfrega a barba com a ponta dos dedos, Antônio encara.

— Da gente ser preso se mentir?

— Quem está falando em mentir aqui, irmão? Não há mentira na minha palavra. Se Jesus fosse procurado e você desse abrigo para ele em sua casa, se ali batessem os soldados e você dissesse que não o viu, estaria pecando? É a mesma coisa que te peço. Quem vive na mentira é aquele que não teme a Deus, que vira as costas para ele, e não o que vive de acordo com seus ensinamentos. Você estará mentindo se disser que veio morar aqui porque quis? Estará mentindo se disser que um parente te convidou? Não, não estará. Estará mentindo se disser que pode ir embora na hora que quiser? Mas que você não vai, não vai porque não quer. Porque quer ficar aqui. Porque gosta de viver aqui. Não. É só isso. É só isso que vocês têm que dizer. Vai dar tudo certo. Se Deus é por nós, quem será contra nós?

— Quando será isso? — fala um homem velho, endurecido de poeira.

— Não sabemos direito, pode ser amanhã, pode ser qualquer dia nas próximas semanas.

— É pra dizer que o pastor é o quê? — ele pergunta novamente.

A voz do velho é seca e pequena, todos esperam em silêncio, os embornais vazios ao lado do corpo, escondendo a mesma pergunta.

— Um consultor, dizer que é um consultor da fazenda.

— O senhor me perdoa aí o mal jeito, meu filho, minha falta de sapiência, o senhor sabe que não tenho estudo e esse negócio de justiça é coisa com seriedade demais. Nunca estive na frente de juiz nenhum, nunca coloquei meu pé na delegacia nem no fórum, graças a Deus, nunca tive que me haver com justiça. E se eu não lembrar essas coisas direito?

— O senhor não se aperreie demais, preste atenção, se perguntarem se conhece o pastor Alfredo o senhor vai dizer que conhece um consultor chamado Alfredo, que vem de vez em quando na fazenda.

— Mas, meu filho, eu não sei que raio é esse de consultor, não sei o que é isso, não.

Uns falam entre si, está quase escuro, os contornos embaçados, as vozes ficam anônimas, misturadas, ganham volume.

— Silêncio! O senhor não tem que saber o que é consultor, ninguém aqui tem que saber, é só decorar a palavra, não é tão difícil assim.

Antônio engrossa o tom, o escuro descendo ao lado do trator, seu meio riso de deboche já está longe, está apertando as mandíbulas, providenciando a morte de alguém. Onde está o homem grisalho que não vi mais? Não tenho medo de nada, a cara dele não me assusta, basta não olhar, o céu plano acima da sua cabeça, fico ali. Um bando de garças voa no cinza, já no início da noite, uma parece desgarrada, diminuem lentamente de tamanho. Será porque estão atrasadas? O que houve com seus instintos logo hoje? Agrotóxicos andam desorientando os pássaros em seus voos migratórios, as mudanças climáticas também. Mais uma garça se afasta das outras.

— Isso não vai dar certo — falo muito baixo.

— Não vai dar certo o quê, menina? Você quer tomar o meu lugar aqui? — Antônio grita.

— Não, não é isso. Eu estava distraída.

— Estou falando uma coisa importante e a irmã estava distraída?

— As garças, estão atrasadas.

Ele olha e procura no céu na direção que eu aponto, elas já foram, eu mal consigo vê-las.

— Você está de gozação com a minha cara? Eu não sou o pastor, eu te conheço. Seu pai é um homem temente, não merece isso, mas parece que as orações dele não estão sendo o bastante.

Me viro para trás, procuro meu pai entre os outros, uma das sombras parece ser ele, me olhando quieto, uns dez passos de mim, não virá em minha defesa, sua filha amaldiçoada. Ele ora, trabalha mais do que todos os outros, assiste ao culto sempre de joelhos, mas não pôde evitar que o mal crescesse dentro de mim, até sair em palavras de discórdia, não foi isso, pai? Não é isso que está pensando agora? Que não sou mais a sua menina? Que enveneno a sua mulher com a minha presença? Júlia sorri com a blusa molhada, um vento bate no voil do quarto.

— Já está escuro, vocês podem descer, amanhã repassamos isso, peçam a Deus em silêncio que guie sua língua para a verdade, não haverá problema. Irmão Sebastião, chega aqui.

A sombra do meu pai fica parada esperando que os outros saiam da sua frente, ele chega perto com suas mãos duras, sinto o silêncio dele enorme, atravessando minha roupa gasta, entrando para dentro de mim. Escuto Antônio pulando da carretinha, depois seu calor de pé na minha frente, tudo escuro. Estamos eu e os dois, meu pai dá um passo em direção a Antônio, posso perceber.

— Irmão Sebastião, vou ser rápido, já está tarde. Quero que a irmã Cristina ouça. Ontem teve uma assembleia dos obreiros e a coisa ficou bem feia para o lado dela, todo mundo ouviu no canavial ela dando apoio para o descrente do irmão Waldir. Ele já teve o destino dele. Teve obreiro achando que está na hora de colocar um fim nisso, que não dá mais para aguentar, que o maligno já tomou conta da sua filha, quem segurou foi aquele rapaz, o irmão Jeremias, garantiu que a menina é temente. Mas vou ter que tomar uma providência, até para o bem dela mesmo, já vi que não dá certo ela aqui na colheita, continua de moleza e ainda me desafia, você viu, não posso perder minha autoridade agora. Amanhã vou arrumar troço para ela fazer nas casas de colono, dar uma limpeza na casa que ainda está de pé, depois fazer uma cerca de bambu em volta. Estou falando, porque o senhor tem o meu respeito, e sua mulher também. Estamos conversados?

Responde, pai, diz que é um absurdo, que a menina não fez nada, é uma boba, está mais perdida do que qualquer um, aquelas casas são horríveis, não vou permitir que mandem minha única filha para lá, que coloque suas juntas frágeis no serviço pesado, ela não gosta de ficar sozinha. Fala, pai. Fala que não vai tolerar isso, que vai embora agora daqui.

Ele balança a cabeça confirmando, mas não consigo ver. Explica para ele, pai, você é minha testemunha, você que já me acudiu nos sonhos ruins. Nunca chorei mais do que devia, ou chorei? Eu limpava a casa para minha mãe não se cansar demais, era gentil com os vizinhos, não existe maldade que possa tomar conta de mim. Esqueceu disso? Você se lembra apenas do meu corpo se contorcendo na areia da praia, eu descendo do carro da polícia na nossa ladeira sem saída, do meu embornal sempre meio vazio, dos meus atrasos para chegar no culto, dos meus desenhos de aranha. Tudo agora faz sentido? Juro que nunca desejei a morte da minha mãe, nem por um segundo.

Antônio acende um isqueiro, procura alguma coisa no chão, apanha um facão perto do pneu, apaga, acho que sobe no trator.

— Não vou para aquelas casas, não, de jeito nenhum — consigo dizer em minha defesa.

— Estamos acertados, irmão Sebastião?

— Está bem, pode deixar que, amanhã, eu mesmo vou com ela até lá.

Desço atrás do meu pai em direção ao dormitório, a noite esconde as bordas do trilho, me guio pelo barulho de sua bota de borracha batendo no chão, os braços caídos batendo no corpo, mais nada. Herdei seu silêncio, ele agora deve estar orgulhoso, sua filha aprendeu que é da nossa natureza calar a boca, que ninguém é obrigado a aturar nossas náuseas, nosso pavor. Como um céu tão estrelado pode parecer triste? Como podem achar que, com tanto lugar para o mal morar, ia resolver ficar dentro de uma moça inútil como eu?

26. a fogueira

A noite de ontem não acabou, um dia desmaiado já aparece na nossa frente, bem no fim da fazenda, depois das casas de colono, mas a noite não acabou.

Dona Carolina me mandou deitar com as pernas para a cabeceira da cama, assim meu rosto não fica tão próximo do rosto da minha mãe. Estou virada para os pés dela, vejo como estão quietos no colchão imundo, a pele craquelada, com sobras mortas, as unhas por aparar, tudo de que eu devia estar cuidando, mas não consigo.

Apagam a luz. Uma cadela que pariu todos os filhotes mortos uiva lá para os lados do curral, está assim desde a hora que eu voltei. Ela uiva e para, espero o próximo ganido e ela não falha, uiva chamando alguma coisa, quase um choro. Os bichos do dormitório estão por aqui, fazendo trilha na madeira do telhado, com patas miúdas, mas sem o mínimo de lua não fazem sombras, só os ruídos em cima da minha cabeça.

Mas não foi isso que não me deixou dormir, foi ficar pensando se meu pai ia ter a coragem de fazer o que está fazendo agora. Estou desde ontem seguindo o barulho de suas botas de borracha, nesse instante pela estrada rumo a uma casa em ruínas, justamente onde eu não queria estar. Ele toca um carro de boi que range, carregado de bambus que ele cortou, ele fala, ôa Paraíso, ôa Imensidão, passarinhos já cantam, mas continuo só escutando suas botas largas, pesadas, cheias de decisão.

O carro de boi para quando não dá mais passagem, o terreiro cheio de destroços espalhados em frente ao casebre, uma pia quebrada, latas de vinte litros com terra que já serviram a alguma planta, um sapato sem sola, mourões podres mal empilhados, pedaços de roupas, uma boneca sem cabeça, arame farpado enferrujado, plástico, lixo. Ele me chama para ajudar a descarregar.

— Vamos fazer uma cerca firme, para criatura nenhuma atentar, domingo que vem venho e te ensino, é serviço leve.

E despeja cinco bambus no chão enquanto começo a puxar um da prancha. Não percebo contrariedade na sua voz, como se fosse uma tarefa qualquer cercar um pedaço de terra para me deixar aqui sozinha. Minha cabeça retida na noite dói, coloco o bambu em cima dos outros.

— Cristina, não posso ajudar muito porque o trabalho é seu, mas quero acabar com esse tanto de esconderijo de cobra, aí você pode ficar que não tem perigo.

— Obrigada, pai.

Obrigada, pai, por ser tão covarde. Os bambus todos no chão, ele tira a caixa de fósforos do bolso, caminha em direção a um punhado de madeira velha.

— Vamos acender aqui, mais retirado.

Ele agacha, junta por baixo do amontoado de galhos e tábuas um ninho de capim seco, aciona a chama, sopra. A labareda cresce rápido, uma fogueira levanta alta em um minuto, o calor se expande denso até pegar em mim que estou a menos de dois passos. Se alastrasse por minha saia, em meus cabelos, ele acudiria, pediria perdão. Eu me deixaria queimar para ouvir perdão da boca dele, estou aqui minha filha, você não merece isso. Minha cabeça arde, estou exausta. Ele vem de novo com o sapato e restos de roupas em uma mão e a boneca na outra, lança no fogo. Volta, arrasta mourões podres, arrames farpados. O que está passando pela cabeça dele? Ele deixa que eu fique onde estou, alaranjada, respirando a fumaça preta de plástico queimado, de propósito. Ou me deixa descansar enquanto faz meu serviço por mim, está com pena, já não tem coragem de pedir mais, talvez perceba meu cansaço no modo como deixo os braços pendentes imóveis largados junto ao corpo, como ele faz. Ele joga um pedaço de lona rasgada, me dá um sorriso.

— Parece que era porco que morava nessa casa, Deus me livre.

É isso que vai me dizer? Essa é sua explicação para o meu castigo? Me afasto, sento em uma pedra onde o calor está mais fraco, fico vendo ele ir e voltar, catando o que encontra no caminho. Até que vem com uma pele de cobra inteira na ponta de um galho, me mostra.

— Não falei? O perigo aqui é cobra.

Não vou responder. Não tenho medo de cobra, não tenho medo de aranha, não tenho medo de ficar aqui sozinha. Só tenho medo do que você pensa, pai. Vejo seu dedo deformado segurando o galho, esperando que eu me espante com o tamanho do perigo de que me livrou. Não me importa esse couro morto. Encaro o rosto dele, caído um pouco pelo desapontamento, ainda quer que eu fale alguma coisa.

— O senhor acha que eu mereço isso?

Ele joga a pele da cobra no fogo, sai andando com as costas viradas para mim, eu levanto e o sigo, como na lavoura.

— Pai, conversa comigo, por favor.

Ele para, me olha impaciente, já virando o rosto para o outro lado do terreiro, coberto de mais entulho.

— O senhor também acha que tem alguma coisa de errado em mim?

— Isso aqui é um trabalho como qualquer outro — ele continua andando, abaixa, cata, continua. — Já estava passando da hora de dar jeito nessa sujeira.

— Eles não mandaram o senhor fazer nada. Estou cansada, pai.

— Então senta, Cristina, deixa que essa parte eu faço.

Não sento. Continuo bem perto da fogueira. Não estou cansada desse jeito, não é isso que estou falando, mas você insiste. E ouço daqui a cadela uivar, ouço daqui sua angústia, e você não presta atenção. Antônio vai dar um jeito nela, como deu em mim, suas pauladas, suas penas de morte. O fogo pode ser mesmo uma boa alternativa, dizem que quando destrói os nervos, nas camadas mais externas da pele, já não se sente dor. Mandar queimar o que é superficial em mim, o cheiro de sabão em pó dos lençóis, os lábios dela entreabertos, o roçar de pelos nas minhas pernas, e restará o que importa, sede e fome, o que se resolve muito bem com água e quirela.

Ele vai até o carro de boi, traz uma garrafa plástica com água, serve em um copo de lata e me entrega, aceito, bebo, estou no mesmo lugar.

— E o que irmão Antônio disse ontem? Que eles desconfiam de mim.

— Deixa eles acharem o que quiserem.

— Mas e você?

— Não vou questionar as ordens dele.

— Isso do maligno em mim, eu ouvi o pastor falar, que ele rezou com o senhor pra me livrar. É verdade? Rezou?

Ele não responde, se serve de água e vira o copo de uma vez.

— A gente veio pra cá porque o senhor cansou do táxi, não foi? Não foi o que o senhor disse?

Eu seguro o copo que ele me deu com as duas mãos ainda perto da boca. Não precisa dizer toda a verdade. Você pode dizer que eu não dei bem no que planejava, que tinha certa vergonha de mim, por isso veio para cá. Diz isso e tudo se resolve, você se livra do peso e ficamos os dois assim, reconciliados com o que sobrou. Ele coloca a garrafa no chão, devagar, chega bem perto, me olha firme. Por favor, não diga a verdade.

— As tentações da carne existem e não são obra de Deus, Cristina, e você era só uma menina. Como eu ia tocar o táxi e cuidar disso ao mesmo tempo?

Disso? Fico olhando a pilha de bambu esperando para a cerca. Não quero nunca mais ver essa sua cara mansa. Se eu me deitar com todos os homens dessa fazenda, de graça, porque eu tenho vontade? Vamos ver se consegue me impedir, se consegue cuidar disso. Vamos ver se esse seu demônio continua aqui em mim. Me trazer para esse fim de mundo. Não quero mais nada de você. Passo a mão no meu rosto molhado, mas não pense que são lágrimas, não me venha com esse olhar, não quero mais nada de você.

Ele pega o lenço no bolso, hoje parece lavado, estende na minha frente, sem pesar, com sua mão de ferramentas.

— Toma.

Aceito, encosto de leve em um olho, depois no outro. Viu como tenho razão, Cristina, como você é só uma menina? Vejo a fogueira, já sumiram os trapos, o sapato sem sola, quase tudo um resto indefeso.

— Mas precisava de vir morar aqui?

Que vantagem eu tenho em ver esclarecidas as coisas? Ele pega o lenço da minha mão, esfrega na testa. Já que comecei, endireito a cabeça, espero que responda se ele tem certeza de que precisava mesmo vir morar aqui.

— Mas tinha que vir pra tão longe, pai?

— E onde é o projeto da igreja?

O que posso dizer que desfaça o que está feito? Onde está o esplendoroso poder de Deus, que tudo pode? Fico quieta. O projeto da igreja é aqui. Tomo o último gole de água, devolvo o copo.

— O que acha que pode encontrar lá fora? Tenha certeza de uma coisa, minha filha, lá fora não existe justiça, tudo que você quer ver só vai fazer abalar a sua fé e longe de Deus a morte é o golpe definitivo. Na descrença seu caminho será sempre de derrota e de medo. Eu só quero o melhor para você.

Ele me olha, sereno, solene, debaixo desse calor de amolecer os ossos, como se nada na Terra fosse maior que seu argumento.

Não sei o que posso encontrar lá fora, talvez eu seja mais inteligente que você e consiga ver beleza onde você não vê. Não quero explicar que o mundo é muito mais do que você diz, que acho que uma coisa boa pode compensar uma coisa ruim, e o que pensamos sobre isso não muda o que acontece quando a vida chega ao final. Me sento onde estava antes. Assisto. Ele acaba de limpar o terreiro, depois coloca uma pá, uma vassoura de bambu e a garrafa d'água no canto da varanda.

— Pai, esta água não está com gosto bom.

— É a mesma água que você toma todos os dias. Deve ser a sua boca.

Ele me dá um beijo na testa, fico olhando ele ir embora, a fogueira extinguindo, quase só fumaça, o carro de boi range, ôa Imensidão, ôa Paraíso.

27. o lago

O metal da pá esfola o cimento grosso, o estrume deixa um rastro verde, consigo pegar só a metade, está mole, ainda fresco, a maldita vaca manina rompeu a tronqueira. Não pode procurar sombra em outro lugar? Me olha, ruminando, enquanto jogo a merda pela janela. Não adianta ficar com essa cara para mim, não fui eu que coloquei você no corredor da morte, é assim, entre os homens se morre se não se despeja de vez em quando uma cria, seu organismo não funciona direito, não posso fazer nada.

Volto para pegar a outra metade, minha mão dói, ferida pela madeira lisa. Raspo, jogo de novo pela janela, o sol do meio-dia entoca os bichos entre as ruínas dos casebres, menos as moscas, que voam aos montes e refrescam as pernas na umidade do esterco. Vejo longe o pasto até a estrada, o calor embaçando. Não tenho pena dessa vaca, já contei minha história e ela não pareceu ter pena de mim, minha companheira de trabalho, a vaca manina, arrancando o mato do terreiro sujo em volta da casa. Já é o quinto dia e Antônio ainda não apareceu, varro o chão com a vassoura de bambu, a tesourinha da minha mãe bate na colher guardada na minha saia, rindo da minha inocência, como se eu tivesse chance de derrubar aquele corpo de estátua com uma lâmina de cinco centímetros. A Manina concorda, ando conversando com ela, me aconselhou a usar uma estratégia menos arriscada, fingir estar morta, por alguns minutos apenas, e talvez ele até me deixe voltar para a colheita.

Não estou batendo bem, ou algumas situações autorizam um adulto a ter um amigo imaginário? O que faço aqui, nesse refúgio de paredes sem reboco, telhas quebradas e vigas tortas, onde Antônio pode vir a hora que quiser cobrar meu silêncio de nascença ou me dar o mesmo destino de Waldir? Ele disse, irmão Waldir já teve o destino dele. Perguntei a Jeremias, o homem pegou um ônibus com o filho, Cristina, maluca. Jeremias me chamou de maluca. Ontem resolvi que não ia ter mais medo e tomei a companhia dessa vaca, muito mais forte que Antônio, como minha melhor amiga. Sei muito bem que isso não é sinal de loucura. Olho para a estrada longe, de novo, a vaca mansa esfrega a cara no esteio da varanda, acaricio a testa dela, no meio dos olhos, um redemoinho branco plantado no breu. Ela entende o que eu digo com a ponta dos dedos, como Júlia entenderia, pobre animal, mais parecido comigo que as moças da fazenda. Queria fazer um carinho em Júlia, mas não posso, Manina. Olho a estrada, o pasto ferve até lá e mais quente ainda deve estar a terra suspensa nela. E se eu fosse? Só fosse mesmo, até precisar de água? Alguém mataria minha sede? Ou me faria esperar, é a moça da igreja perdida por essas bandas, mandaram avisar que ela anda tendo alucinações.

Jeremias veio ontem e antes de ontem, trouxe água, um pedaço de bolo amoitado nas coisas dele. Será que acha que vamos morar nessa casa? Que já comecei a limpeza que vou repetir o resto da minha vida? Hoje é domingo. Não, Cristina, não vou na Fazenda Modelo amanhã, e mesmo se fosse não ia te levar, os serviços de fora estão suspensos, o pastor já se explicou com dona Altiva. E os lençóis? Acho que ela vem buscar. Ela quem? Dona Altiva, quem mais?

Arranco com a mão o braquiária que brotou nos rachados do cimentado do banheiro, em volta de um cano aberto, onde antes tinha um sanitário. A parte mais quente do dia já foi, resta uma hora antes de o sol esconder, e vou de novo para o dormitório, o rosto da minha mãe está seco e amarelo como na semana passada, nem um pouco mais, como se os agentes patogênicos reconhecessem seu limite, administrassem sua invasão, para não aniquilarem de vez o abrigo em que moram.

Ouço o toque de uma buzina, alguém passa na estrada, não é a kombi de Jeremias. E se eu tentasse uma carona, como o Waldir fez? Sair com a roupa do corpo, quando minha mãe fechar os olhos, dou um beijo em Marina e vou, sem avisar meu pai. A buzina insiste. Saio no terreiro com as mãos marcadas da nódoa verde do capim. Na estrada, no fim da sombra que já cobre o pasto, depois da cerca, uma caminhonete preta parada, a uma distância de cinquenta passos, do tamanho da que vi na Fazenda Modelo. No vidro escuro do carro, vejo as ruínas distendidas, uma moça parada na varanda vestindo uma saia comprida, atrás de mim o mesmo céu plano de sempre, já desbotado, não dá para ver quem está dentro. Fico imóvel, não está aqui por causa de mim, lógico que não. E se estiver? Ninguém aparece, olho em volta, para os lados das outras construções. Buzina, o vidro desce, vão sumindo as ruínas, eu sumo, aparece o sorriso de Júlia.

Ela espera, podia ser ela a me tirar daqui nesse carro novo. Transpiro enquanto o vermelho sobe pelo meu pescoço, ando no pasto em direção a ela, a vaca manina me segue, sinto seu bafo, sua cabeça quase encostando nas minhas costas, abro caminho e ela acha que vou deixar que passe da cerca, que fuja comigo. Paro quando chego no arame, Júlia está na estrada, ao volante da caminhonete.

— Me disseram que você estaria aqui, não apareceu lá na fazenda.

— Não deu, o Jeremias não foi.

— Foi por aqui que você viu aquelas borboletas?

— Foi na represa ali na frente.

— Pode me mostrar onde é?

Olho para trás, a kombi está vindo lá longe, em direção às casas de colono. Antes que chegue aqui, consigo entrar no carro dela, perfumado de couro e algum óleo de limpeza. Jeremias não vai me encontrar. A moça da fazenda precisava de ajuda, o que queria que eu fizesse? Sinto meu cheiro de esterco, da vaca manina que ficou me olhando da cerca. Peço para abrir a janela, digo que é para não resfriar no ar-condicionado, tento esconder as mãos riscadas de mato uma na outra, sinto o suor escorrendo no meu pescoço, seguro o corpo para não apoiar as costas no banco.

A represa chega logo, e do carro já dá para ver as borboletas ao longo do gramado falho que cerca o grande reservatório, entre o barulho alto de uma bomba de irrigação. Ela desce sem falar nada e me deixa aqui olhando. Dependendo das circunstâncias é autorizado ter um amor desse tipo, ou isso indica que estou no limiar, que meus genes doentes vão dar as caras? Vejo ela andando, de short jeans, a nuca tatuada. Ela vem, abre a porta, a saia prende minhas pernas e preciso dar um salto com elas juntas, fechadas, ela ri, eu também riria se fosse ela.

— Não sei como você aguenta essas roupas.

Ela anda entre as borboletas, que oscilam próximas do chão.

— Não vai coletar hoje?

— Vim só conferir, ver se você estava falando a verdade mesmo.

— Acha que minto porque uso saia?

— Estou brincando, Cristina. Queria ver como é e volto outra hora, tenho tempo ainda.

— Você fica até quando?

— Uma semana ou duas, vai depender.

Uma semana ou duas, uma semana ou duas. Qual a chance de eu conseguir tocá-la em uma semana ou duas? Em um mês ou dois, em uma vida ou duas?

— Você pode ficar um pouco para ver o pôr do sol?

Concordo, mesmo que o sol já tenha sumido e sobre apenas uma ponta de luz atrás das taboas. Sentamos uma ao lado da outra. O reservatório espelha o céu, e a água enlameada parece limpa. Bastaria esticar o braço e eu alcançaria a coxa dela. Só uma vez, o que seria muito pouco. Sinto meus dedos dormentes.

— E sua mãe, como está, Cristina?

— Estou achando que ela vai morrer.

— É sério assim?

Respondo com a cabeça, se eu dissesse alguma coisa poderia suspeitar pelo tom da minha voz, poderia não me compreender bem.

— Se precisar de alguma coisa — ela diz reticente, sem intenção alguma de ajudar, enquanto olha para a água brilhando. É uma moça muito bem-educada. — Imagino como é difícil pra você.

Ela não imagina, mas não falo nada. O silêncio dela incomoda, o barulho do motor cresce.

— É verdade que a polícia esteve lá?

— Eu nem vi.

— Como não viu? Lá de casa deu pra ver as viaturas passando.

— Não quero falar disso.

— Está acontecendo alguma coisa, Cristina?

Alcanço um graveto no chão, parto ao meio, desenho um risco na terra que aparece entre os tufos de grama seca.

— Pode confiar em mim, eu só quero ajudar.

Ela acompanha meus riscos, espera.

— Não vi a polícia porque estava com as crianças no canavial.

— Tinha um monte de viatura, sirene ligada, você não ouviu?

Fecho na terra seca o contorno bambo de uma asa, o motor pressiona minha cabeça, ela espera.

— Eles pediram pra a gente ficar escondido com as crianças no canavial.

— Escondido?

— As crianças têm que ficar escondidas porque não vão na escola.

— Mas isso é um absurdo. A polícia está atrás do pastor por causa das crianças?

— Não sei.

— Você sabe sim, pode me falar. Não confia em mim?

Uma raiz de grama bem no meio do traço. Não devia ter dito nada. Olho para ela, os lábios entreabertos.

— Lógico que confio. Acho que o negócio é que todo mundo entregou tudo que tinha para a igreja pra vir morar aqui, e agora tem gente que quer sair e não tem um tostão. O pastor não dá as coisas de volta. Estão falando que a justiça vai chamar a gente de testemunha.

— É por isso que está assim? Você foi chamada pra ser testemunha?

— Eles querem que a gente fale mentira, que não tem pastor nenhum.

— Você não vai poder mentir, Cristina, o que ele está fazendo é muito sério, coitadas dessas pessoas.

Conto para ela que por força da minha língua passei os últimos dias raspando esterco, sozinha com uma vaca manina, e que acho que podem ter matado o homem grisalho? Explico para essa moça e sua brancura, que acredita que está vendo um pôr do sol sobre um lago, que vou ter que pedir esmolas se me expulsarem daqui, que tenho medo de morrer? Que companhia agradável seria eu? Que vontade ela teria de me ver de novo, quando voltar, no ano que vem?

— Nem sei se juiz vai chamar mesmo, às vezes nem me chama.

— Você pode contar comigo, está bem?

Desenho de novo no chão, risco olhos nas asas. Me viro de novo para ela.

— Vamos falar de coisa boa. Você gostou daqui? — pergunto.

— Gostei! Tive uma ideia, vamos dar um mergulho, água pra levar embora as energias negativas.

Ela fica de pé, tira os tênis e anda até a margem, fingindo animação.

— Vai ficar aí parada?

Será que ela realmente acha que posso chegar encharcada no dormitório?

— Não sabe nadar?

Sei nadar, mas não estou com vontade, gosto de sentir calor, de ficar suando debaixo dessa roupa. Talvez essa moça seja um pouco burra.

Ela deixa o short na grama e volta, de calcinha e blusa, estende as mãos para mim, me levanto, aceito o convite. A pele é úmida e lisa, mas não vou nadar, não vou mostrar para ela minhas pernas peludas como as de um menino. Júlia leva as duas mãos na gola da minha camisa, põe um dedo por dentro e força a casa para desabotoar, fico quieta, por alguns segundos não vou reagir, não fosse o motor insistente, seria como no meu sonho. Só mais um pouco.

Noto um movimento por cima do ombro dela, a kombi de Jeremias estaciona ao lado da caminhonete. Preciso dizer, para, Júlia, assim você vai me machucar. Jeremias me olha, as duas mãos imensas no volante, Júlia está de costas para ele, com sua calcinha mínima, o dedo dela espreme o botão na segunda casa.

Vejo daqui os olhos dele marejando, se enchendo da lama brilhante do reservatório, ele não desvia, me mostra o rosto contorcido, sua amaldiçoada. Preciso dizer, Jeremias, o barulho da bomba d'água engole o ar, coloco minhas mãos sobre as dela, impeço que continue.

— Não vou nadar!

A kombi se afasta de ré, Jeremias se vira para o retrovisor, dá a volta, não olha mais para mim. Jeremias, por favor, não é nada disso. A voz não sai.

— Não precisa ficar brava — Júlia diz.

Ela sorri, me larga, salta na represa, nada submersa por muitos metros, depois surge deslizando de costas, os movimentos sem desperdício, como uma nadadora treinada. Ela poderia atravessar essa represa com facilidade, o mar também.

28. o crucifixo

A kombi está lotada. Antônio e dona Carolina vão no banco da frente com Jeremias, eu logo atrás, ao lado do meu pai, todos os lugares estão ocupados e todos suam espremidos, molhando suas melhores roupas. Forço o vidro emperrado da janela pela quarta vez, Jeremias ignora, não abriu a porta para mim e acho que me pôs desse lado de propósito, não foi mais me ver nas casas de colono, fugiu de mim a semana toda. Ele matou a Manina ontem com uma marretada na cabeça, destrinchou, o pastor mandou fazer um churrasco na volta, se tudo sair como planejado. Não vou comer a carne da minha amiga, não vou comer carne nenhuma. Uma sacolinha de mercado abafa os meus pés, nela vai uma muda de roupa, que disse para meu pai que é para o caso de enjoar, no meio da roupa o pedido de exame da minha mãe, minha carteira de identidade, os trocados dos panos de prato, um diamante que não sei se é de verdade e meus desenhos de aranhas. Pedi emprestadas as sandálias de couro dela, ela disse, não esqueça o documento do seu pai, agradeci com um beijo na testa amarela e a deixei lá, deitada no dormitório. O que vou fazer? Não sei.

Antônio vira para trás, está mais rígido, sério, as mandíbulas apertadas.

— Está na hora do programa de rádio, o pastor vai fazer uma pregação especial para nós. Atenção, vou ligar aqui.

A caminho de uma provação, trago a palavra, que Deus seja louvado.

A voz do pastor chega limpa, no volume mais alto, olho a cerca passando, fecho os olhos, Júlia desliza sobre a água.

Protege a minha vida do inimigo ameaçador. Defende-me da conspiração dos ímpios e da ruidosa multidão dos perversos. Eles afiam suas línguas como espadas, e, como flechas, disparam suas palavras cheias de veneno.

O pastor grita, meu pai suporta sem me olhar, seu polegar deformado sobre o couro falso e descosturado do banco da frente, suas têmporas de repente muito brancas.

Eles, de suas trincheiras ocultas, atiram contra o homem íntegro; atacam, de emboscada sem o menor receio da justiça. Assentados no lugar do juiz vão fazer indagações cheias de maldade, vão inquirir sobre sua crença mais íntima, tudo farão para destruir o inocente, como se Deus não estivesse vendo, mas os irmãos não precisarão abrir a boca.

Um poste caído, uma capela abandonada, a entrada da Fazenda Modelo, fecho os olhos, um segundo, Júlia desabotoando minha blusa. Os pneus trepidam no mata-burro, o chapéu novo de Jeremias, o lenço estampado de flores de dona Carolina, as costas musculosas de Antônio sob o algodão verde-claro, os braços quase rompendo a costura. Levo minhas mãos nos ouvidos, meu pai olha para frente, tento tampar sem ninguém perceber.

O poder da vida e da morte está na língua do homem. O poder da vida e da morte está na língua do homem!

Você precisa correr se quiser falar com eles, eu tomo conta do seu filho. Minha língua. Por que fui dizer isso? Antônio disse, Waldir teve o destino dele.

O diabo usa as pessoas para inflamar nossa natureza divina, apenas pela humildade venceremos o fogo do inferno.

Os dedos marcados e duros da mulher ao lado do meu pai, postos sobre a malha grossa da saia, os chinelos de borracha muito maiores que os pés. No assoalho da kombi batem os torrões de terra seca soltos na estrada. Todos os pés, duros e marcados, na borracha suja e gasta do tapete que cobre o metal rachado. O polegar deformado do meu pai. Não preciso de dinheiro aqui, ele disse. E lá, as noites viradas dentro do táxi, ameaças no banco de trás. E se por minha boca não existir mais fazenda, não existir mais colheita? E se todos tiverem que voltar, com seus pés duros e marcados? Tiro as mãos dos ouvidos.

Essa é a palavra de Deus, irmãos, estais atentos, a língua do perverso é impiedosa, cruel, e tudo isso é feito e acontece para destruir vossa paz, não estranheis a prova que recai sobre vós, preparai-vos em espírito e em verdade para enfrentar aqueles cujas palavras são como pontas de lança.

O rádio silencia, apenas a poeira nas engrenagens, a mola gasta dos estofados, sinto minhas mãos geladas. Me viro para o banco de trás e vejo todos com os lábios bem fechados, os olhos virados para a frente, fixos, como se pudessem ver alguma coisa do caminho. Só a moça mais velha do que eu murmura, parece ter medo, parece que reza. Cristina, você não vai poder mentir, coitadas dessas pessoas. Júlia mergulha, nada submersa por muitos metros. Ninguém ali pretende dizer a verdade.

A kombi para em frente ao fórum. Desembarcamos no sol do meio-dia que esfola a praça do outro lado da rua, um bando vestido com roupas compridas que enche a calçada estreita, sou a última a descer.

O prédio de dois andares ainda está fechado. Me encosto no portão, duas mocinhas passam por nós debaixo de uma sombrinha cor-de-rosa, vestindo miniblusas e shorts, pedem licença para passar, rindo, de nós, lógico. No entorno, umas casas antigas bem cuidadas, um outro prédio quadrado de dois andares, e o calor, mais ninguém.

Antônio já está do lado de fora e conversa com Jeremias, que ainda está ao volante. Antônio se junta aos outros e Jeremias me chama.

— Cristina, venha cá, preciso falar com você.

Dou a volta na kombi e me apoio na janela do motorista, caso o calor ou o que ele vai dizer me deixe tonta.

— Olha o que você vai falar hoje, se fizer besteira não vou ficar do seu lado.

— O que eu te fiz, por que você está esquisito comigo? Foi aquele dia na represa? O que você está achando?

— Não estou achando nada. Estou é entendendo um monte de coisa.

— Entendendo o quê? A moça queria que eu nadasse com ela, só isso, o que tem de mais nisso?

— Estou começando a achar que os outros têm razão.

Ele desvia o rosto, olha para a frente.

— Jeremias, você me conhece. Você acredita mesmo que tem uma maldição sobre mim?

Toco as mãos imensas dele, postas sobre o volante, ele me olha de novo, agora são os meus olhos que se enchem da lama brilhante do reservatório.

— Você arrancou uma folha da minha bíblia.

— Uma folha em branco, em branco, para fazer um desenho. Não existe isso que vocês estão inventando.

— Isso não interessa mais. Tenho que pegar os outros na fazenda. Só cuidado com o que vai fazer. Eu não quero passar trabalho na cidade, eu sei o que já passei. Tem muita gente feliz aqui, que não tem pra onde ir se tomarem a fazenda da gente. Será que não dá pra você entender isso? Quer voltar pra cidade atrás dessa sua amiga? Vá você.

— Você sabe que não é assim, esse homem está enganando a gente.

— Isso não interessa. Sabe qual é o seu problema? Você se acha melhor que os outros, mas você não é. Cada um acredita no que quer. Estou avisando, não vou ficar do seu lado.

Ele arranca com a kombi com minhas mãos ainda lá dentro, sobre as dele, e fico parada no meio da rua.

Antônio decretou minha morte, foi o que Waldir disse. Não é todo mundo que está feliz. A moça mais velha que eu está encostada na grade, ainda parece rezar, um rapaz moreno, muito forte, se ajeita no meio-fio, pega um mato do chão, põe na boca, está triste, tenho certeza. Eu estou parada no meio da rua. Uma garça sozinha voa raso sobre a praça. Acompanho seu voo, fecho os olhos, Júlia desliza sobre a água do mar, de costas enquanto a onda passa, eu deslizando sobre a água do mar, um céu cheio de nuvens.

— Você quer ser atropelada?

Sinto o polegar deformado do meu pai puxando meu punho, um fusca passa devagar.

Ele me segura, me põe ao lado dele esperando atrás dos outros, um moço de mangas curtas e gravata se aproxima da grade e abre, começamos a andar, ele não solta meu punho.

— Sua mãe está te esperando na fazenda, não esqueça.

Diz baixo, como se eu não soubesse, como se pudesse esquecer, como se não estivesse falando isso para ele desde o primeiro vômito que limpei.

Minha mãe está esperando é você, que trouxe ela pra cá, está esperando um milagre, esperando a morte. A voz trêmula dela do outro lado da linha telefônica, a viatura liga a sirene para chamá-la em frente a nossa casa, nunca mais ela esperou por mim.

Subimos a escada de cimento liso, ocupamos as cadeiras plásticas do estreito hall de espera, eu bem de frente a uma porta fechada, uma plaquinha antiga escrita Juiz, um grande crucifixo pregado na parede cinza em cima dela. O sol bate nas pás do basculante entreaberto, um Jesus ensanguentado me encara, as hélices de dois ventiladores de pé refrescam os outros que sabem de que lado estão e repassam em silêncio o que vão dizer, minhas mãos estão molhadas em cima da sacolinha de plástico.

Um senhor vestindo um terno azul e gravata de seda chega na ponta da escada, o cabelo penteado para trás, sapatos impecáveis, um rosto branco, ele cruza o hall, seu perfume caro abafa o cheiro azedo de suor da sala. A porta do juiz se abre, um homem grande, com a barriga mal contida na camisa, fala o nome do pastor e o número do processo, o senhor de terno entra. O ventilador passa por mim e volta, passa por mim e volta, agora o homem chama no nome de Antônio, ele entra. A porta fecha, e Jesus no crucifixo ainda me olha.

Meia hora e Antônio sai, a mandíbula trincando, a camisa empapada de suor, o homem grande vai com ele até a cabeceira da escada, o senhor por favor aguarde lá embaixo, não é permitido se comunicar com as outras testemunhas, pode ser que a juíza queira falar com o senhor de novo.

Agora o homem chama o nome inteiro do meu pai, ele levanta, caminha com receio do piso encerado, receio de ser descoberto na mentira que ensaiou, ajeita a camisa, entra com a carteira de identidade na mão. Ele demora, depois sai, com o rosto exausto, desce as escadas, mas não me diz nada. Jeremias chegou com os outros, e a saleta de espera fica lotada. Em seguida entra a moça mais velha que eu. Espero, perdendo água pelas mãos grudadas no plástico branco, os ventiladores que passam por mim não fazem qualquer efeito, o ar tem o gosto ardido dos corpos ali parados. Jesus continua a me olhar, quer saber o que vou fazer, saio da frente dele, fico de pé perto do basculante, procuro um pouco de céu para respirar o bafo sem cheiro que sobe da praça. Jeremias também me olha, quer saber o que vou fazer, aconteça o que acontecer, nem que seja o último homem do mundo, seu idiota, não vou ficar com você.

A kombi parada logo embaixo, um carro e outro passa devagar, uma carroça. Um grupo de três crianças um pouco maiores que Marina, com mochila e uniforme, caminha atravessando a praça. Fico olhando enquanto vão. Uns metros depois surgem outras, riem alto. Marina classificando pedras na sombra do dormitório, nosso carrinho de fuga perdido na grota.

Uma caminhonete preta, igual à de Júlia, aponta no começo da rua, diminui a velocidade, estaciona atrás da kombi. Minhas pernas amolecem doídas. Ela está aqui por mim? Veio me buscar? Flutuo enquanto a onda passa, um céu cheio de nuvens. Ouço meu nome completo, com a porta aberta o homem dá passagem, a sacolinha de plástico trêmula em minha mão. Entro.

29. a água

— A senhora pode sentar aqui.

Uma moça maquiada, de cabelos escovados, atrás de uma grande mesa, no fundo da sala de audiências, aponta uma cadeira em frente a ela. Me sento no tecido acolchoado. Está fresco, o ar-condicionado dá uns estalos enquanto o homem anda e senta ao lado da moça, diante de um computador. Do outro lado dela está um senhor de bigode branco, pequeno e sorridente, que não me olha, diz alguma coisa sobre a persiana que não fecha, e o advogado de sapatos impecáveis, na minha frente, dá uma gargalhada alta, relaxada.

— Meu nome é Paula, sou Juíza de Direito, você foi chamada para ser ouvida como testemunha. Aqui ao meu lado está o Promotor de Justiça e, ali, o advogado de defesa. Qual é o seu nome completo?

Ela fala polindo cada sílaba, branca como Júlia, uns anos mais velha só.

— Cristina Oliveira da Silva — a voz sai baixa e entrecortada.

Todos me olham.

— A senhora conhece a pessoa de Alfredo Dias Antunes? — ela volta para mim.

— Sim.

— A senhora é parente, amiga ou inimiga dele?

— Eu?

— É, a senhora.

— Não.

— Então a senhora tem o compromisso de dizer a verdade sob pena de incidir no crime de falso testemunho. Se a senhora mentir estará cometendo um crime que chama falso testemunho. Tudo bem?

Não está tudo bem. Será que não consegue ver na minha cara que não está nada bem? O brilho da sua roupa está te cegando? Por que fala assim comigo, se só declarei o meu nome, nada mais? O que eu fiz de errado? Será que a senhora teve coragem de interpelar um homem como o meu pai dessa forma? Ela repete a pergunta, mais alto, mais pausado. Posso fingir que está tudo bem. Concordo balançando a cabeça.

— A senhora pode me fazer o favor de falar se entendeu o que eu disse? Seu depoimento está sendo gravado, preciso que a senhora fale alto, mais perto aqui do microfone.

Ela se inclina levemente sobre a mesa, as mãos postas paralelas em cima de uma pasta de papéis, me olha fixo, áspera.

— Entendi.

Podia completar, pareço imbecil, mas não sou.

Uma mocinha de rabo de cavalo, vestindo uma camisa de botões com crachá pendurado entra na sala trazendo uma bandeja, ela coloca um copo d'água e uma xícara de café na frente da juíza e do promotor, oferece ao advogado, para mim nem põe os olhos. A juíza bebe a água gelada, minha garganta já meio fechada empurra a língua para a frente, uma saliva espessa cola tudo no céu da boca. A juíza coloca o copo pelo meio entre mim e ela, examina uma pasta de papéis e diz:

— O senhor Alfredo Dias Antunes está sendo acusado da prática dos crimes de estelionato, aliciamento de trabalhadores, redução à condição análoga de escravo, lavagem de dinheiro e constituição de organização criminosa. Segundo a denúncia, o réu, aproveitando-se da situação de evidente fragilidade, induziu mais de trezentas vítimas a irrefutável estado de erro, uma falsa apreensão da realidade, fazendo com que doassem tudo que tinham, pertences e dinheiro, para que se deslocassem das cidades em que moravam e passassem a residir em fazendas, em condições precárias e constante vigilância, local em que sua mão de obra era explorada com o único intuito de enriquecer a organização criminosa da qual o senhor Alfredo seria o líder. Conforme consta, a peculiaridade da referida organização criminosa é a utilização de doutrinas pretensamente cristãs como artifício para enganar as vítimas, cooptá-las, e submetê-las a trabalho em condições análogas à de escravo.

Ela lê desenvolta, melhor do que eu lendo a bíblia do pastor, pesca algumas coisas na folha e completa outras da sua cabeça, olhando para mim. Será que acredita no que fala? Será que dá tempo de pensar no que fala, tão decorado? Sinto daqui seu perfume doce, mais forte do que o do advogado, ajeita com suas unhas pintadas as mechas de cabelos sedosos que caem sobre um casaco cheio de brilhinhos, o tempo todo, o que parece um tique nervoso. Posso confiar nessa moça? Dobro os dedos sobre a mesa para esconder minhas cutículas levantadas.

— Vou passar a palavra para o advogado de defesa, que vai te fazer umas perguntas. Doutor Luiz.

— Obrigado, excelência. Vou ser objetivo para não tomar nosso tempo desnecessariamente. Boa tarde, senhorita. Vou fazer umas perguntas e a senhorita pode responder apenas o que eu perguntar. Tudo bem?

Eu balanço a cabeça.

— A senhorita reside na Fazenda Piedade?

— Sim.

— Na fazenda onde a senhorita mora dorme-se em barracas ou dormitório?

— Dormitório.

— O dormitório possui camas ou redes?

— Camas.

— A senhorita tem acesso a banheiro com água corrente?

— Sim, mas.

Mas a água é turva. Será que posso dizer? Explicar que não confio naquela água. Ele me olha sério. A juíza colore um desenho abstrato em uma folha de papel, como um jogo da velha, uns riscos duros, impacientes. Não sei se posso dizer.

— A senhorita pode ficar à vontade e responder somente o que eu perguntar, é o que eu preciso. Vamos lá. Os moradores têm três ou mais refeições por dia?

— Sim.

— Em alguma ocasião a senhorita tentou deixar a fazenda e foi impedida?

Olho para minhas mãos, postas sobre a mesa. Depois para a mãos da juíza, seus anéis, continua a riscar, dura. Fui impedida? Eu segurando a bíblia de Jeremias e os lápis, estrada de um lado e de outro, eu passo a cerca de arame, entro no carro de Júlia.

— Senhorita? Ouviu minha pergunta? Foi impedida?

— Não.

— Por mim é só, estou satisfeito, excelência.

— Agora o Promotor de Justiça vai te fazer as perguntas da acusação. Doutor Roberto.

A juíza deixa seu desenho e passa a pasta cheia de papéis para o homem de bigode. Ele folheia, me dá um sorriso aberto.

— Boa tarde, mocinha. A senhorita falou que conhece o pastor Alfredo. A senhorita conhece ele da igreja? — macio e sorridente, querendo minha simpatia.

— Pela ordem, excelência, o doutor Roberto está induzindo a testemunha. A defesa sustenta que não há qualquer envolvimento do senhor Alfredo com a Igreja Cristo a Palavra que Salva — o homem fala alto, de um jeito que nem parece sair da sua cara fina, escovada.

— Induzindo coisíssima nenhuma. Se seu cliente não é pastor, não tem nada a ver com isso, está foragido por quê?

— Reformula, doutor Roberto, ele tem razão. A gente tem trinta pessoas para ouvir hoje, se começar assim vai ficar difícil — a juíza fala irritada.

— Tudo bem, excelência. A mocinha conhece o senhor Alfredo de onde?
— Da fazenda.
Descolo com dificuldade a língua no céu da boca.
— Em que circunstâncias? — o homem de bigode continua.
O que eu digo? O pastor falando para minha mãe que teria que passar mais cem noites vomitando antes de alcançar a salvação? Explicando para Waldir o que é capital imobilizado ou me apertando contra a pedra fria com o cinto duro em minha anca? Essa moça enrolando os cabelos lisos nas unhas pintadas, esse bigode sorridente. Tiro as mãos de cima da mesa, seguro a sacolinha, cinquenta reais e uma muda de roupa, um diamante que não sei se é de verdade, desenhos de aranha. A saliva gruda como cola, olho para a cara da juíza, continuo muda. São eles que vão me proteger se Antônio decretar minha morte?
— A senhora não entendeu a pergunta? Ele quer saber em quais circunstâncias, como, de que maneira, a senhora conheceu o acusado na fazenda. O que ele estava fazendo lá? — a juíza fala claro, pergunta enquanto risca, sem me olhar, acha que a palavra circunstância é o meu problema.
Fixo no copo pelo meio à minha frente, uma marca de batom, a água chegando na temperatura ambiente enquanto sinto nos lábios a sujeira da kombi. Olho para o homem de bigode, nem tocou na água dele. Não vão perguntar se estou com sede? Não vão me dar nada em troca, se eu entregar a cabeça do pastor, o dedo deformado de meu pai em uma bandeja? Nem um copo d'água?

— Não sei bem.

Sinto meu rosto escuro, marcadores do silêncio, os genes do meu pai.

O sujeito de bigode se ajeita na cadeira, dá um suspiro.

— Olha, mocinha, temos uma acusação séria aqui, não estamos brincando. Vou tentar perguntar de outra forma. Segundo a denúncia, o senhor Alfredo é o fundador da Igreja Cristo a Palavra que Salva, ele convenceu um monte de gente a vir para Morro Branco para trabalhar de graça, ele tomou tudo que essas pessoas tinham, enganou essas pessoas para explorar o trabalho delas, convenceu essas pessoas usando a crença delas na bíblia, disse que o fim dos tempos estava próximo, prometeu salvação. Quero saber se isso é verdade. Por que a senhora veio trabalhar aqui?

— Vim com meus pais, eu era menor de idade.

— E o senhor Alfredo? — ele continua.

Meu pai racha um bambu gigante, desce no escuro na minha frente. O Promotor pega o copo d'água, vira de uma vez, me encara nervoso. Júlia nada por muitos metros, submersa, você não vai poder mentir, ela força, um buraco na minha garganta. Júlia, para, por favor, não consigo respirar. Olho para o homem que antes estava sorridente. Minha voz não sai.

— A testemunha está se recusando a responder, excelência. A excelência pode adverti-la novamente de que está sob compromisso de dizer a verdade? — o homem de bigode se vira para a juíza.

— A senhora tem compromisso legal de dizer a verdade, se continuar a agir dessa forma poderá sair daqui presa — a juíza me olha, aumenta o tom de voz, fecha a mão sobre a mesa, com um indicador apontado para mim.

Dois toques e a porta da sala abre. É dona Altiva, vestindo um tailleur de linho, colar de pérola.

— Com licença, doutora Paula, boa tarde. Boa tarde, doutor Roberto, boa tarde, doutor Luiz. Estou esperando pra ser ouvida como testemunha, a senhora me faria a gentileza de me ouvir em seguida? Tenho umas coisas pra resolver na fazenda — ela fala da porta, relaxada, não como os outros.

— Como vai a senhora? Deram certo os alvarás do inventário? — a juíza pergunta sorrindo.

— Deram sim, muito obrigada.

— Pode deixar, já estamos terminando aqui.

Dona Altiva se despede e fecha a porta. Júlia está aqui? Está sentada entre os outros? A mãe veio dizer o que sinto pela filha, contar sobre o quanto suspeita da minha sanidade mental, dirá que não sou confiável. Ou Júlia me espera no ar-condicionado do carro, para me levar embora com ela?

— Doutor Roberto, o senhor vai insistir no depoimento da testemunha? Acho besteira.

A juíza faz uma careta olhando para ele, não se incomoda se vejo também, ela acha besteira me ouvir, acha que sou uma besteira, essa moça muda que não entende nossas perguntas.

— Desisto então da testemunha — declara o promotor.

— A senhora pode ir, está dispensada — ela fala e já se volta ao promotor, estende as mãos e pega de volta a pasta de papéis.

Fico imóvel. Como estou dispensada? E o que eu tenho para dizer? E minha decisão? Júlia acha que não devo mentir. O amarelo do dormitório revira no meu estômago, os ossos da minha mãe rompendo a carne, uma fresta de lua que não clareia mais, escurece tudo, meus genes. Me seguro na ponta da mesa, estou tonta, estou dispensada. Nada que eu possa dizer tem a mínima importância.

— Pode ir, está liberada — ela repete, faz um sinal com a mão para que eu me levante.

As pernas moles, está tão quente aqui como lá fora, não vão sustentar meu corpo. Apoio a sacolinha na mesa, começo a desfazer o nó, minhas mãos tremem, a juíza me espera, a náusea que sinto deve estar na minha cara. Retiro o pedido de exames entre as roupas, desdobro o papel, estendo em direção à juíza.

— Minha mãe precisava fazer esses exames.

O papel suspenso no ar, ela não pega.

— Isso não é aqui, moça, é no primeiro andar, segunda porta à esquerda. A assistente social pode te ajudar.

Fico de pé, poderia explicar se conseguisse falar, essa é minha prova, veja a data, tem dois meses que minha mãe precisa fazer esse exame e o pastor não leva, fiz de tudo, olha, pega, trouxe para te mostrar. O homem grande coloca uma pilha de papéis na frente dela, ela assina e carimba, assina e carimba. Quero contar, o que o promotor disse é verdade. Minha língua está colada.

— Pode chamar a dona Altiva. Moça, vou te pedir licença, temos muita gente pra ouvir.

Ninguém mais me olha, coloco a folha de volta na sacola e caminho para a saída. Dona Altiva está sentada em frente à porta, fica de pé e vem em minha direção, paro, espero.

— Você está se sentindo bem, mocinha? Está amarela.

— A Júlia está aqui?

A língua desgruda do céu da boca.

— Ela voltou para Belo Horizonte. Você não parece bem. Por que não se senta um pouco?

Ela passa por mim, entra na sala.

Escurece. Sento na cadeira em que ela estava, o ventilador passa de um lado para o outro, o homem grande se aproxima, você não pode ficar aqui, não pode se comunicar com as outras testemunhas. Busco a Fazenda Modelo, me dá um minuto, só um minuto, ela desliza de mim, some, submersa.

Desço as escadas, segunda porta à esquerda, a assistente social não veio hoje, volte amanhã. Amanhã não posso voltar. Passo por todas as outras portas, passo por meu pai parado perto da kombi, atravesso a rua, ele me chama.

— Aonde você vai?

Eu não respondo.

— Menina, aonde você pensa que vai?

Me viro, olho para ele.

— Vou procurar água.

Continuo, piso na praça, no ermo dos bloquetes de cimento, uma garça voa raso, a sacola que carrego não pesa quase nada.

AGRADECIMENTOS

À Andrea del Fuego, pela imensa generosidade com que acompanhou meu processo de escrita, pelo diálogo inspirador e por ter me apoiado e acreditado no livro desde os primeiros capítulos.

À Beatriz Antunes, pela leitura crítica minuciosa, essencial para a construção deste romance.

A Marcelo Nocelli, pelo acolhimento na editora Reformatório e pela dedicação especial ao projeto.

Aos meus queridos primeiros leitores, que cuidadosamente leram o manuscrito e ofereceram seus comentários sensíveis e valiosos.

Aos escritores do meu tempo, aos meus filhos, Pedro e Lucas, à minha família e aos meus amigos, por acenderem as velas e me fazerem acreditar na saída.

Este livro foi composto em Minion Pro
e impresso em papel pólen natural 80g/m²,
em fevereiro de 2025.

Impressão e Acabamento | Gráfica Viena
Todo papel desta obra possui certificação FSC® do fabricante.
Produzido conforme melhores práticas de gestão ambiental (ISO 14001)
www.graficaviena.com.br